KB271477

불안과 분노로 가득한 이 시대의 한국인들에게 건네는……

이시형의 세상다시보기

본대로 느낀대로

도서출판 일

이시형의 세상다시보기

본대로 느낀대로

펴낸날 | 2004년 1월 7일 제판 3쇄

지은이 | 이시형
펴낸이 | 이연옥   펴낸곳 | 풀잎
주소 | 서울시 중구 묵정동 27-6   전화 | 02-2274-5445~6   팩스 | 02-2268-3773
사진 | 박주영

ISBN 89-7503-086-5

- 책 가격은 뒷표지에 있습니다.
- 풀잎 책으로 세상을 잇는 다리가 되겠습니다.

본대로 느낀대로

지명도 있는 일간지에 자기 이름으로 고정 칼럼을 쓴다는 건 보통 일이 아니다. 무엇보다 독자의 구미를 자극할 수 있는 내용이어야 한다. 그래야 읽는다. 독자들 생각이 미치지 않는 구석을 예리하게 분석해내는 묘미도 있어야 하고 날카로운 비판에도 인색해선 안 된다. 그런가 하면 따뜻하고 감동적인 휴먼 터치도 곁들여야 하고, 전문가로서의 조언도 물론 해야 한다. 그뿐인가. 공론지의 글이니만큼 어떤 이념이나 종교적 신념에도 편향됨이 없어야 한다.

이 정도만으로도 감히 칼럼을 쓰겠다고 펜을 든다는 것부터가 보통 용기가 아니다. 그런데도 지난 30여년 동안 거의 매주 칼럼을 안 쓴 적이 없었던 것 같다. 연재가 끝나면 "다신 안 쓰겠다"고 다짐한다. 한 마디로 너무 힘들기 때문이다. 더구나 전문 논객도 아니다. 의사로서 해야 할 일과만으로도 벅차다. 시간을 쪼개 틈틈이 머리 속에 내용을 다듬어야 하는데다 제한된 지면에 꼭 맞추어야 하는 작업도 만만치 않다. 글은 아직 머리 속에 맴돌고 있는데 원고 마감 시간은 다가오고, 왜 하필 그럴 때마다 급한 일은 생기는지, 입버릇처럼 다신 안 쓴다는 심경이 이해가 되었으면 좋겠다.

실은 이런 작업 과정만큼이나 힘든 일은 칼럼이 나간 후 독자의 반응이다. 칭찬도 더러는 있지만 항의성 시비의 글, 전화, 방문까지 일일이 해명할 수도 없고, 정말 짜증스럽고 괴롭다.

호사다마랄까. 좀 사치스런 고민도 있다. 식당엘 가면 직원이 알아보고 팬이라며 과일 한 쟁반을 내오는 경우도 있다. 한데 이게 좀 지나치다 싶은 경험도 더러는 한다. 어쩐지 뇌물성 대접 같은 기분이 들 때면 영 기분이 깔끔하지 못하다. 부담스럽다. 전문 논객들은 이런 문제를 어떻게 대처하는지, 아마추어인 나로선 거북하다.

안 써야지 하는 투정 속엔 이런저런 복잡한 사연이 얽혀있다. 그런데도 영 펜을 놓지 못하는 건 무슨 까닭일까. 난 이 문제를 깊이 있게, 진지하게 자문하곤 한다. 그때마다 내린 결론은 "그게 내가 할 수 있는 사랑"이라는 것이다. 우리 이웃, 우리 사회에 대한 애정의 또다른 표현인 것이다. 지난 번 중앙일보에 연재된 칼럼집이 나온 이후 동아일보 연재가 또 시작된 것도 그냥 앉아 보고만 있기엔 넘치는 열정을 주체할 수 없어서였다.

이것도 나이라고 세상을 보는 깊이와 무게에서 쌓여 가는 연륜을 느끼게 된다. 이번엔 좀 나으려니 하는 자위가 다시 한 권의 책으로 내 놓게 되나보다. 그냥 묵히기엔 아까운 몇 편의 원고도 함께 싣는다.

〈본대로 느낀대로〉를 펴내면서 그간 함께 세계를 누비고 다녔던 문화기행 팀에게 특히 감사드린다. 많은 자극과 깨우침을 주셨고 세상 보는 눈을 크고 밝게 해주셨다. 원고 정리에 늘 애써준 정지연의 섬세한 손길도 잊을 수 없다. 적절한 사진이나 그림까지 곁들여 부족한 글을 메우면서 세심한 편집을 해주신 풀잎 이연자님께도 감사드린다.

CONTENT

10 희망봉에 희망을

15 누가(님비)를 탓하랴!

18 고급패션 가게 앞에서

22 18세의 비극

25 우뇌형(右腦型) 인간

30 월드컵 열기에 흠뻑 젖어보자

35 새것이 좋긴 하지만…

38 외국인 노동자에 떡국

42 사이버 세계와 현실

46 목욕탕의 '외로운 총잡이'

50 韓-美-日 '신용카드 삼국지'

55 시들은 카네이션

60 주5일 근무제 자신 있습니까?

64 우리 아이가 혹시 '짱'?

70 내 유골 백마고지에

74 터키형제여 우린 하나가…

78 화려한 스포츠, 초라한 경제

CONTENT

83　대관령 옛길엔 정이 흐르고

88　도박을 권하는 사회

92　삶의 질 결정하는 '마음의 평화'

96　청년 실업은 축복이다

101　알리의 '하얀 눈물'

106　아우슈비츠의 조약돌

110　당신의 문화지수는 얼마입니까?

114　히딩크 열풍을 분석한다

122　'애플데이'를 기다리며

128　"대현아! 네 죽음 헛되지 않도록"

133　과잉 친절

136　아리조나 카우보이

140　웃지마, 이건 내차야

143　퇴근길 인파 속에서

146　바람처럼 살다가는 마사히족

150　타슈켄트의 천사들

154　응석의 마찰

158　아파트가 20년도 못 버틴다고?

163　세계를 울려라, 문화전령사

168　'주역'으로 떠오른 386에게

172　맏며느리는 인기가 없다

176　'못 찾겠다 태극기'

182　숲에서 선비 한 번 돼보시래요?

188　누가 이 아버지를

192　어느 날, 건널목에서

197　스키장에서

200　고래 싸움에

204　우린 왜 토론에 미숙한가?

208　이것만은 몸에 익혀야

212　참사로 끝난 자포자기 '복수극'

217　"오르다 힘들면 쉬어가시지요"

222　휴대전화 가진 사람 존경스럽소

227　대우는 살아 있다

희망봉에 희망을

희망봉! 참 근사한 이름이다. 그곳에 가면 내게도 희망찬 삶이 열릴 듯한 환상, 이건 초등학교 지리시간 때부터 가져왔던 아름다운 꿈이기도 했다. 아프리카 최남단 남아공, 지구의 끝, 희망봉, 대서양과 인도양이 만나는 곳. 우리 일행은 지금 설레는 가슴을 안고 그곳을 향해 가고 있다. 흥분에 들뜬 우리가 이해가 안 되는 듯, 현지 안내원이 씁쓰레한 웃음을 짓는다.

"그건 희망봉이 아닙니다. 우리에겐 절망봉이었지요. 침략, 약탈, 착취, 노예사냥……. 아프리카의 정체성을 흩트러 놓고 영혼까지 짓밟은 저주와 실망의 상징이 되어왔지요."

흥분했던 일행이 갑자기 숙연해졌다. 어린애 마냥 철없이 흥분만 했던 나로선 미안도 했고 부끄럽기조차 했다.

아프리카엔 지금도 피비린내 나는 종족간의 분쟁이 끊이지 않고 있다. 누가 이들을 이렇게 만들었나? 서구 열강들의 이해타산에 따라 줄을 그은 분할, 수천 년, 자기 부족이 곧 우주였던 이들에게 근대국가의 틀은 애당초 맞지 않는 형극의 틀이었다. 아프리카의 비극은 여기서 시작된다. 아, 그리고 천인공노할 노예사냥, 차라리 전쟁이 낫다. 무엇으로도 속죄될 수 없는 이 대죄 앞에 이 세계 어느 누구도 머리 숙이는 자가 없다. 책임질 자도 없다. 여기는 서구열강이 저지른 원죄의 대지다. "이 세상에 여기를 넘보지 않은 나라는 우리 한국 밖에 없을 것 같다." 누군가의 말에 일행은 웃었다. 하지만 이 지구상 누구도 아프리카의 비극에서 예외일 순 없으리라.

아, 그러나 아프리카 대지는 말이 없다. 한반도 허리에 걸친 휴전선의 깊은 침묵처럼. 생각이 없어서일까. 말할 힘조차 없어서일까. 온갖 수모와 핍박을, 그 넓은 가슴으로 조용히 안고 기다리기만 한다.

✻

만델라가 생의 반을 감옥에서 기다렸다가 이윽고 풀려 나온 날, 그는 그 천진난만한 웃음으로 온 지구인의 앞에 모습을 드러냈다. 어느 한구석 맺힌 구석이라곤 찾아볼 수 없다. 핍박인들 오죽했으랴. 원한이 골수에 사무쳤을 터이지만 그의 어디에도 어두운 구석이라곤 찾아볼 수 없다. 환하게 밝은 웃음이 꼭 개구쟁이 아이 같다.

그가 우리를 놀라게 한 건 이에서 그치지 않는다. "가해자는 사과하고 피해자는 관용하고" 이 한마디가 남아공의 흑백갈등에 종지부를 찍

게 한다. 미움과 복수심으로 이빨을 갈았다면 오늘 저 아름다운 하늘마저 핏빛으로 물들었으리라. 그는 참았다. 그러기에 그는 위대한 승리자가 될 수 있었다. 이것만이 보복의 악순환의 고리를 끊을 수 있다는 걸 온 지구인에게 보여준 것이다. 그는 정녕 위대한 스승이시다.

세계 곳곳엔 지금도 피의 보복이 악순환 되고 있다. 언제 끝날지도 모르는 처절한 피의 복수전이 진행되고 있다.

더욱 가공할 일은 이젠 국지전이 아닌 온 세계가 위험권에 들어가고 있다는 사실이다. 보복의 규모가 커지면서 무차별 적으로 되어가고 있다. 온 세계 공항에 검문검색이 강화되고 언제 어디로 불똥이 튈지도 모른다. 적도 없고 전장도 없는 그야말로 안개 속의 전쟁이다. 이게 온 인류를 불안과 공포의 도가니로 몰아넣고 있다.

❋

우리를 더욱 전율케 하는 것은 도대체 '죽음을 두려워하지 않는 일단의 젊은이' 가 있다는 사실이다. 냉정히 생각하면, 세상이 이나마 평화가 유지될 수 있는 건 인간에겐 죽음이라는 두려움이 근원적으로 있기 때문이다. 이것이 끓어오르는 분노, 미움, 복수심에 제동을 걸고 있는

것이다. 무슨 동기에 서던 사람이 죽기를 작정하면 무슨 짓을 못해. 죽음이 무섭지 않다면 이 세상엔 한순간의 평화도 있을 수 없다. 따지고 보면 죽음에의 공포가 평화의 수호신 역할을 해주고 있는 것이다. 한데 이게 없는 사람이 있다니 말이다. 왜 이렇게까지 되었을까? 증오와 복수의 악순환이 되풀이되면서 이것밖엔 달리 길이 없다는 막다른 골목에 내 몰린 최후의 심경에서 였을 것이다.

더 이상 이런 극단적인 사람이 양산되어선 안 된다. 어떤 명분이든 이건 안 된다. 그리고 인류의 지성, 인류의 양식은 이들을 막다른 골목으로 내 몰리게 두어서도 안 된다. 우린 여기서 아프리카의 말없는 초원, 그리고 만델라의 관용을, 그의 웃음을 다시 생각해보게 된다.

여기서 교훈을 얻지 못하면 우리에겐 정말 희망이 없다.

희망봉에 희망이 없다지만 만델라의 관용이 희망이다. 그리고 아프리카의 아픔을, 그리고 피의 보복이 계속되는 모든 지구상의 아픔을 함께 하는 우리 가슴이 곧 희망이 아닌가. ■

누가(님비)를 탓하랴!

원자력 발전소는 물론이고 쓰레기 집하장이나 소각장은 없어선 안될 공익 시설이다. 어디엔가는 꼭 있어야 할 시설이다. 그러나 '우리 집 뒤뜰엔 안되겠다는 것'이 님비(NIMBY)현상이다.

이러한 위험, 혐오시설이 우리 집 근처에 들어선다는 공고가 나오면 온 동네 주민들이 들고 일어난다. 결사반대다. 공청회조차 열리지 못하게 아예 원천 봉쇄해버린다. 논의도 말라는 이야기다. 그럼 이 시설이 필요치 않다는 거냐? 물론 시설 자체가 필요 없다는 이야기는 아니다. 있긴 해야겠지만 우리 동네는 안되겠다는 것이다. 노상점거는 물론이고 폭력까지 행사하며 맹 반대다. 아니! 저럴 수가. 사람들은 반대하는 주민들이 못마땅하다. 집단 이기주의라고들 규탄한다. 그러면서 한편

으론 자기 동네가 후보지에서 빠진걸 큰 다행이라고 내심 좋아한다.

사정이 이러고 보면 누가 누굴 탓할 수 있으랴. 냉정히 생각해 보자. 반대하는 주민이 과연 집단이기주의냐? 천만에다. 누구나 쾌적한 생활 환경에서 살고 싶어한다. 이건 인간으로서의 기본권 주장이다. 동물적 본성이다. 인간으로서 지켜야 할 당연한 권리를 주장하고 있는 것이다. 입장을 바꾸어보자. 내가 그 경우라면 반대 안했을까? 어쩌면 더 강하게 반발했을지 모른다. 우리는 반대하는 주민의 심정도 충분히 이해하고 받아들여야 한다. 그리고 정책 당국이 내린 결정이라면 이를 존중하고 받아들일수 있도록 도와줘야 한다. 그러기 위해선 해당 주민이 입어야 할 재산상의 손실, 정신적 보상을 수혜자 입장에서 충분히 해줘야 한다. 공익을 위해 희생당해야 하는 주민의 아픔을 함께 하면서 충분한 보상이 이루어질 수 있게 당국과 함께 지혜를 모아야 한다. 우리 동네가 아니니 나 몰라라 해선 안 된다. 그건 님비 현상보다 더욱 반사회적이다. 내 동네처럼 안타깝게 여기고 당국자들이 피해 주민과 절충을 잘 이룰 수 있게 모든 지원을 아끼지 말아야 한다. 그것이 사회 공익을 생각하는 시민으로서의 기본적인 덕목이요 자세다. 사회가 복잡해지면서 작고 큰 일에서 서로의 이해가 상충되는 일이 많아진다. 집단이기주의로 서로를 몰아세우기 전에 타협하고 절충하는 슬기를 발휘해야 한다. ■

고급패션 가게 앞에서

프랑스 파리만은 아닐 것이다. 밀라노, 로마의 고급 패션 가게에는 한국 고객이 장사진을 이루고 있다. 요즈음 세일 기간이라 더욱 붐빌 것이다. 한국 고객 줄이 100m나 늘어선 걸 보고 한 우국지사는 창피해서 견딜 수 없었다고 개탄한 바 있다. 한데 한국인의 그 긴 줄을 보면서 미국 친구는 부럽다고 고개를 끄덕였다. 하이패션을 볼 줄 아는 센스가 부럽고 그 비싼 걸 살 수 있는 실력이 부럽다고 했다. 그리고 나는 그 긴 줄을 보면서 참으로 고마운 사람들이란 생각을 하고 있었다. 저런 사람들이 있기에 우리 패션 산업도 이만큼 성장할 수 있었기 때문이다.

내 미국 유학 시절엔 한국제라곤 싸구려 백화점에서 세 켤레에 1달러 하는 양말이 고작이었다. 통자루를 덥석 잘라 놓은 것이라 코도 없다.

신고 다니느라면 양말이 구두 속으로 흘러 내려와 신발을 벗어 또 끄집어 올려야 한다. 이거야 말로 창피했다. 왜 우린 이렇게 밖에 만들 수 없을까? 수출할 게 이런 것 밖에 없을까. 은근히 화도 났다.

하지만 요즈음엔 세계 시장에서 한국제 위상이 달라졌다. 싸구려 판에선 아예 찾기가 힘들게 되었다. 이젠 중고가(中高價) 쯤에서 찾아야 한다. 어깨가 절로 으쓱해진다. 이게 모두 패션가에 몰려다니는 열성 팬들 덕분이다. 그만큼 안목이 높아졌기 때문이다. 소비자의 안목이 높아져야 장사꾼도 거기에 맞춰 만들어 내게 된다. 고객이 없으면 만들 생각부터 할 수 없다.

'한국 사람은 브랜드를 좋아한다' '너무 유행에 민감하다' ' 비싸야 잘 팔린다' 허영, 사치, 거기다 위화감까지 들먹이면서 우리의 유별난 패션 열풍을 꼬집는다. 마치 망국의 징조인양 규탄에 열을 올린다. 하지만 우린 여기서 냉정해야 한다. 고급문화란 원래 약간은 사치스럽고 허영기도 있는 법이다. 이걸 인정해야 한다. 그리고 이들 사치꾼 덕분에 소비자도 메이커도 안목이 높아진다. 그래야 우리도 고급을 만들어 고급시장에서 한 판 겨뤄볼 게 아닌가. 부가가치도 높다. 언제까지나 싸구려나 만들어 싸구려 시장에서 장사 할 생각인가.

이들 고급 소비자가 있어야 무역 역조에도 한 몫을 한다. 잊지 말라. 우리는 지금 세계 시장을 상대로 장사를 하고 있다. 무역 물동량만으로도 세계 10위권이다. 내 걸 팔아먹으려면 남의 것도 사야 한다. 이게 시장 원리다. 지금도 외제차를 굴리면 세무조사 등 마치 매국노 취급을 하는 게 우리 정서다. 명심하라. 이젠 우리도 세계 유수의 자동차 수출국이다. 그러면서 남의 차는 안 사고? 이래서야 누가 우리와 장사를 하려들까?

※

지난 번 경제 위기 때 어느 주유소 앞에 외제차에는 기름을 안 판다는 간판을 내 붙였다. 어느 우국지사는 외제차에다 발길질도 했다. 국영 방송에서도 외제 배격 운동을 한참이나 해댔다. 외화 한 푼이 아쉬운 판에, 이러고야 누가 달러를 메고 여기 들어와 장사를 하려 들건가.

심각한 경제 위기나 불황을 우리의 외제 선호 의식 탓으로 몽땅 돌리려는 국민 정서는 지금도 강하다. 그래서 아예 문을 닫고 살겠다는 건가.

우리의 폐쇄적이고 근시안적인 그리고, 터무니없는 국수주의가 경제의 발목을 잡고 있다. 세계 시장이 어떻게 돌아가는지도 모르고 어떻게 장사를 해 먹을 생각인가. 좀 거시적인 안목으로 보자. 우리끼리 모여

앉아 골목 끝에 구멍가게
나 할 생각이 아니라면.

우리건 팔고 남의 것은
안 사고? 하고 싶어도 안
된다. 국제 감시 기구가
많아서 제도적으로도 못
하게 되어 있다. 판만큼
사야 한다. 고급 외제를
찾는 사람 욕할 일이 아니
다. 패션이든, 자동차든
고급을 들여와야 만드는
사람의 안목과 수준이 높

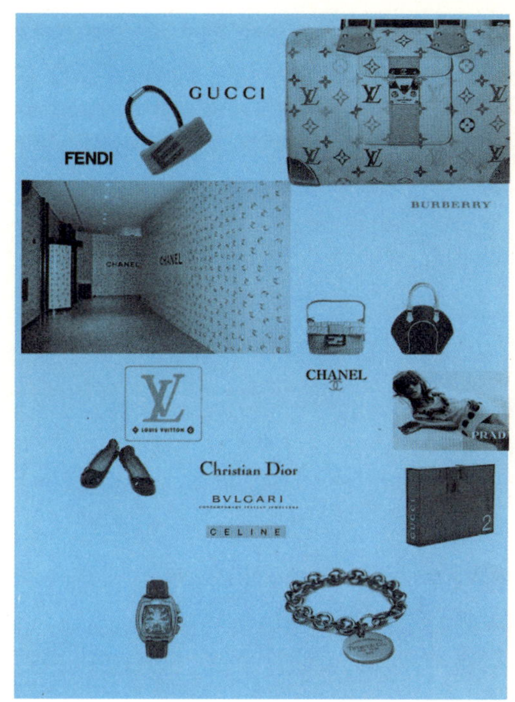

아져 언젠가 우리도 세계 일류 제품을 만들어 낼 수 있다.

이건 한 두 사람의 디자이너 힘만으론 안 된다. 수준 높은 소비 중산
층이 두터워야 고급 시장이 형성될 수 있는 법이다. 이건 상식이다.

자기 돈 써가며 그 먼데까지 가서 세계 일류들과 당당히 어깨를 겨누
고 뽐내는 한국의 멋쟁이들이다. 부럽고 멋있다. 부끄럽게도 지금까지
우리는 국제무대에서 언제나 변두리에서 눈치나 보며 서성대기만 하지
않았던가. 이제 당당한 주역으로서 화려하게 등장했으니 이 어찌 축하
할 일이 아닌가. 바야흐로 우리의 무대는 세계다. 로마에 가면 로마
인이 되어야 한다. 괜히 딴 소리 말자. 배가 아프고, 눈 꼴 사나울
수도 있을 것이다. 그래도 참자. 축하한다, 고맙단 인사까진 안 해
도 좋다. 그러나 눈만은 세계를 향해 크게 떠야 한다. ■

# 18세의 비극

 우리 젊은이의 얼굴에 명암이 갈린다. 대학 배지를 자랑스레 달게 된 젊은이와 그렇지 못한 두 군으로 갈라진다. 수능 점수 몇 점이 갈라 놓은 희비 쌍곡선이다.

기가 살아 하늘을 찌를 듯하는 희망군과 기가 죽은 절망군, 점수 몇 점이 마치 인생의 운명이 좌우되듯 명암이 엇갈린다. 불합격이 마치 인생의 실격자나 된 것처럼 확대 해석한다. 수능 콤플렉스가 때로는 잠재의식 속에 평생을 그림자처럼 따라다닌다. 하지만 천만에다. 지금까진 그럴 수도 있었다. 대학만 들어갔다 하면 중류 생활은 보장될 수 있었다. 그것도 평생을. 대학 간판만으로 행세를 할 수도 있었다. 그러나 이젠 세상이 달라졌다. 세계 시장에서 싸워야하는 경쟁체제 속에 한국의

22

대학 간판은 가히 무용지물이나 같다. 우리 대학은 세계 백위권에도 들지 못하는 삼류다. 거길 나왔다고 재고 다니는 게 우습다. 우물 안 개구리다. 이번의 경제 위기가 여실히 증명하였다. 이젠 학력과는 상관없는 시대다. 무슨 대학을 나왔느냐가 아니다. 무엇을 얼마나 아느냐. 이제 우리 사회도 학력이 아니라 능력이다. 수능 몇점이라는 단순한 잣대로 사람을 평가할 만큼 단순한 사회도 아니고 얄팍하지도 않다. 사회는 간판이 아니라 실력이다.

이걸 모르지 않을 텐데 우리 사회엔 아직도 일단 붙고 보자는 안일한 젊은이가 많다. 하지만 용케 훈장을 단 학생들도 갈등이 많다. 학교가, 학과가 마음에 안들어서다. 심각한 갈등이다. 3분의 2 이상의 학생들이 다니긴 하지만 마음이 정착하지 못한다. 재수 · 편입 · 입대, 아예 퇴교까지 하는 등 갈피를 못 잡고 방황한다. 꾹 참고 졸업을 한데도 후회는 남는다. 이제와서 진로를 바꿀 수도 없고 어쩌면 이런 갈등은 평생을 간다. 이 역시 비극이다.

※

거기 비하면 차라리 낙방생이 행복하다. 실패를 거울 삼아 다음엔 소신껏 자기적성을 살려 진로를 정하자. 고민도 하고 실망, 좌절도 해 봤을 것이다. 젊은 날엔 그것도 인생에 좋은 양식이 된다. 진지하게 고민하고 생각해 볼 수 있는 좋은 기회가 되었을 것이다. 잠시 반짝이다 말 대학 배지다. 영원히 빛날 훈장은 더욱 아니다. 아예 대학문을 쳐다보지도 못하는 불우한 젊은이도 많다. 그러나 한 가지 분명한 건 어디서 무얼 하든 이젠 실력이다.

누구나 통과해야 하는 18세의 관문, 그러나 비극의 주인공은 되지 말자. ■

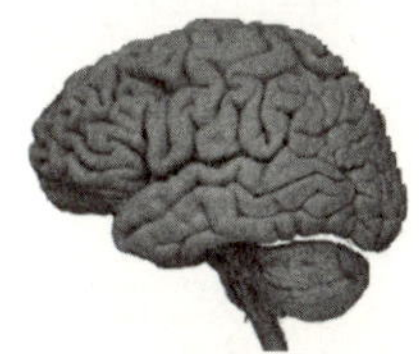

우뇌형(右腦型) 인간

한국은 세계적인 성악가, 연주자를 배출하고 있지만 왜 세계적인 작곡가는 없을까? 더러 떠올려 본 의문이겠지만 그건 한국인이 감성적 측면이 강한 우뇌형이기 때문이다.

인간의 뇌는 좌우 반구로 양분되어있다. 좌뇌는 사고나 판단 등 이성, 지성적인 역할을 맡고 우뇌는 주로 감정 영역이다.

노래를 익힐 제면, 가사는 좌뇌에 멜로디는 우뇌에 기억된다. 신나게 노래하고 광적인 연주는 우뇌형이다. 그러나 작곡은 음악적 감성만으로는 안 된다. 악보엔 정연한 논리와 체계, 형식이 갖추어져야 하는 좌뇌형 사고가 필요한 것이다.

지금까지의 산업사회는 냉철한 지성과 논리, 과학적인 사고 체계를 필요로 하는 좌뇌형의 시대였다. 우리와 모든면에서 닮은 일본이 산업 사회의 선두주자로 부상했던 것도 그래서다.

가령, 일본의 정원은 좌뇌형의 표본이다. 정성들여 손질하고 가꾸고 다듬고 완벽한 인공미의 진수다. 나뭇잎에 묻은 먼지 하나하나를 닦아 낸다. 외국인은 그 정성에 놀라 실신을 한다. 일본인은 정갈하고 철저 하다. 완벽한 사후 관리까지 저렇게 정성스러우니 일본 상품을 신뢰할 수 밖에 없다. 세계 유명 도시엔 일본식 정원이 있고 그 곳은 관광객의 필수 코스다. 경탄의 소리가 절로 난다.

한데도 한국 사람의 반응은 좀 다르다. 물론 첫 눈엔 그 아름답고 정 갈함에 놀란다. 그러나 조금만 더 머물면 어쩐지 편치가 않다는 걸 느 끼게 된다. 행여 쓰레기라도 떨어 뜨리진 않을까, 발자국이라도 남기면 욕하지 않을까. 어디에고 기대거나 편히 앉아 쉬게 되질 않는다. 한국 인의 우뇌형 의식 수준에선 일본 정원은 가히 결벽증, 완벽증의 산물이 다. 우리로선 긴장 일색일 수밖에 없다.

우리 집 정원이 그립다. 아무렇게나 듬성듬성 놓인 자연 그대로의 돌, 조금은 무질서한 듯 심어진 나무들, 내가 좀 어지럽혀도 표도 안 날 정원, 그래서 편한 게 한국 정원이다. 제 멋대로 생긴 조선 막사발이 일 본의 국보가 된 것도 그 자연스러움 때문이다. 시골의 어느 한국 부엌 에도 굴러 다니는 조선 막사발이다. 개밥도 담아 주는 그 흔해 빠진 막 사발이 일본의 국보가 되다니? 막강한 도쿠가와가 찻잔으로 애용한 막 사발의 그 자연스런 매력에 끌려 선승들에게 만들어 보게 하였다. 참선을 하는 승려라면 자연에 가까우리라는 생각에서였다. 하지만 되질 않았다. 일본 도공으로선 흉내조차 낼 수 없었으니 '아! 나도 저런 그릇한 번 빚어 봤으면' 하고 개탄했다고들 한다. 일본은 섬세한 구석까지 철저히 따지고 치밀한 논리로 계산하는 탓에 아무렇게나 대충 할 수 없기 때문이다. 거기 비해 우린 대충 감만 잡히면 덤빈다. 겁이 없다. 무모한 도전에도 서슴없이 나선다. 이게 때론 실수도 저지르지만 역동성에서 발군의 성과를 내기도 한다. IT산업, 테헤란 밸리, 벤처 등은 한국우뇌형의 상징들이다.

※

세계 누구도 한국 양궁을 따라 올 수 없는 것도 전체를 감으로 파악하는 우뇌형의 개가이다. 하늘을 보고 대충 쏘는 것 같은데 수백m 떨어진 과녁을 정확히 맞춘다. 옛부터 우리 조상이 세계적 궁사로 이름을 떨친 건 역사에도 기록되어 있다.

바야흐로 산업 사회의 Hi tech 시대에서 Hitouch, 감성 시대로 접어들고 있다. 좌뇌에서 우뇌형으로의 전환이다. 물론 이 둘은 불가분의 관계다. 다행히도 우뇌 우위인 우리는 좌뇌 기능도 활발하다. 월드컵의 신화가 이를 잘 증명하고 있다. 이건 우리 뇌리에 깊숙히 자리잡고 있는 무당의 광기(감성)와 현대적 기술(지성)의 절묘한 조화였다. 이렇듯 감성적이지만 냉철한 지성이 살아 있는 건 아무래도 유교적 전통의 영향이 크다. 유교는 논리와 이성, 지성적 사색을 중시하기 때문이다. 따지고 보면 우린 참으로 국운(國運)도 좋았다. 만약 월드컵이 초대형 전광판을 만들 기술 이전에 유치되었다면 세계를 감동시킨 거리 응원은

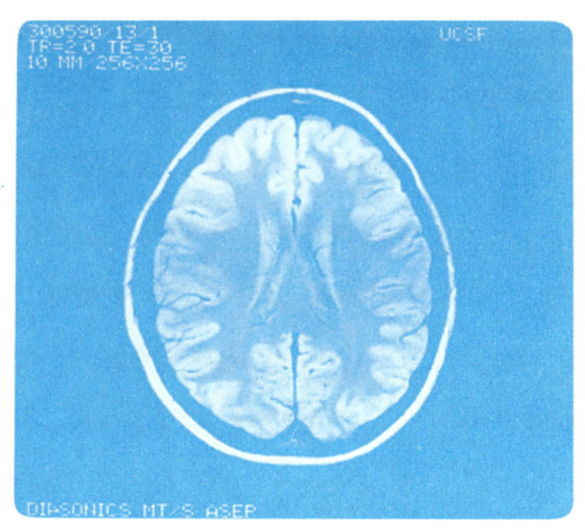

볼 수 없었을 것이다.

우뇌 우위의 감성적 한국인이지만 그래도 막다른 골목에서 견제기능이 작동할 수 있는 건 유교적 좌뇌의 영향이다. 노사 합의가 어려운 것도 우린 감정을 앞세우기 때문이다. 냉철한 논리와 정확한 계산을 따져 상대를 설득해야 한다. 여기엔 우뇌의 감정이 나설 자리가 아니다. 그런데도 우린 걸핏하면 감정 싸움으로 치닫기 일쑤다. 나중엔 쓸데 없는 자존심 문제로 감정이 격화, 결국 회담은 결렬되고 만다.

신용카드 불량자가 많은 것도 그래서다. 야! 기분이다. 한잔하자! 우뇌가 발동을 해도 좌뇌가 견제를 해야 한다. 우뇌가 흥분해도 좌뇌는 수입, 지출을 정확히 따져 갚을 수 있는 능력을 남겨 둬야 한다. 불행히 우린 이게 잘 안 된다. 내일은 삼수갑산, 기분만 나면 막 흥청망청이다.

여성은 우뇌와 좌뇌간에 신경 연락망이 남성에 비해 잘 발달되어 있다. 한국에서 세계적인 작곡가가 나온다면 그는 여성일 것이란 추정은 그래서 가능하다.

물론 개인에 따른 차이도 많다. 우뇌만큼, 혹은 그보다 좌뇌 우위의 사람도 적지 않다. 과학적 수재는 대체로 좌뇌형이다. 최근 이공계 지원자가 줄어 들고 있어 걱정이라지만 크게 걱정 할 건 없다. 천부적으로 타고 난 좌뇌형 수재는 원래 그리 많지 않다. 많다면 수재일 수 없다. 우리가 해야 할 일은 소수 정예의 좌뇌형 수재에게 집중 투자하고 지원해야 한다. 오히려 다행이다. ■

월드컵 열기에 흠뻑 젖어보자

요즈음 우리 한국 터키 친선 협회는 부쩍 바빠졌다. 월드컵에 터키 팀이 출전하기 때문이다. 손님맞이에서 응원전까지, 모두들 가벼운 흥분에 들떠있다. 응원복 디자인, 제작 주문도 마쳤다. 회원들 성금으로 티셔츠도 6천매 마련했다. 플라카드와 국기는 대사관 측에서 마련한다니 고맙다. 만반의 준비는 끝났다. 이제 결전의 날만 남았다.

문제는 서울에서 열리는 중국과의 대전이다. 중국은 우선 응원군 규모에서 엄청나다. 거기다 이웃사촌이라 한국 연고자까지 가세하면 온통 운동장이 중국 일색으로 될 게 틀림없다. 상대적으로 터키 응원석이 너무 초라해 질 것 같다. 기가 죽지 않아야 할 텐데. 믿는 건 터키 팀의 실력이다. 터키는 유럽 챔피언이다. 응원은 열세라도 시합에서 압도해야 할 텐데. 두 팀

실력을 전문가는 어떻게 평가하고 있는지 궁금하다.

브라질과는 울산에서 붙게 된다. 여기도 만만치 않다. 브라질은 한국 교포가 많아서 국내 연고자도 적지 않다. 그리고 브라질 축구 팬들의 열기는 이미 세계적이다. 우리와는 지구의 반대쪽 끝이지만 축구라면 결코 거리가 문제일 수 없는 게 이들의 열정이다. 삼바 춤까지 흔들어 대며 신나게 달려올 것이다. 거기다 축구 명문의 관록과 전통까지 두루 갖춘 팀이다. 정보에 의하면 그쪽 친선 협회도 아주 치밀하고 조직적인 준비를 하고 있다는 데 우리가 걱정이다.

❋

코스타리카전은 인천에서 열린다. 여긴 좀 색다른 걱정을 해야 하는 일전이다. 코스타리카는 거리도 멀고 나라도 작다. 응원군이 아무래도 많지 않을 것 같다는 게 조직위의 판단이다. 우리에겐 다 귀한 손님이다. 우리 회원이 너무 터키만 일방적으로 응원할 수 없을 것 같다. 서운한 기분이 들지 않게 상대팀의 기분을 배려해 가면서 응원을 해야 할 것 같다.

그래, 당신은 어느 팀인가요? 어느 팀을 응원하고 있는가요? 당연한 걸 묻는 게 아니다. 붉은 악마가 들으면 화낼 소리를 묻고 있는 건 물론 아니다. 그렇다고 편 가르기를 부추길 속셈으로 묻고 있는 것 또한 아니다. 우리에겐 다 귀한 손님인데 차별을 하자고 묻는 건 더구나 아니다.

어느 나라에서 오건 우리로선 손님맞이에 한 점 소홀함이 없어야 한다. 경기장 밖에선. 하지만 일단 경기장에 들어서면 내가 좋아하는 팀이 있어야 맛이다. 그래야 목이 터져라 고함도 나오고 흥분도 된다. 아슬아슬하고 스릴도 있다. 화도 나고, 또 다음 순간 승리의 환희에 도취될 수도 있다. 이게 보는 재미다. 그래야 경기에 빨려든다. 이렇게 게임을 즐기려면 어느 한 쪽의 열성 팬이 되어야 한다.

물론 점잖게 양쪽 모두를 응원할 수도 있다. 그러다 멋진 플레이가 나오면 어느 팀이건 박수를 보내고. 이런 응원도 나쁘진 않다. 인격적인 수양이 잘 된 사람이라면 이것도 좋다. 혹은 아예 안방TV팬도 적지 않을 것이다. 입장료도 만만찮고 덥고 가기도 복잡한데. 그게 좋다면 그것도 좋다.

그러나 경기는 역시 운동장에 가서 봐야 한다. 그 뜨거운 열기와 함성에 흠뻑 젖어 보라. 앉았다 섰다, 고함도 치고. 핏대를 올리고……. 땀에 젖은 온 몸이 후끈 달아오른다. 이 보다 더 통쾌한 일도 없다. 이건 안방에 앉아선 결코 맛 볼 수 없는 스탠드의 진수다.

또 그런 열기와 흥분에 취하려면 내가 응원하는 팀이 확실히 있어야 한다. 그래야 옆자리 모르는 사람과도 뜨거운 교감이 절로 된다. 특히 이번엔 외국 손님이다. 그들과 함께 어깨동무하고 얼싸 안고 환호하고……. 우리 일생에 다시는 맛 볼 수 없는 귀중한 순간이 될 것이다. 세계와 손잡고 한마음이 되는 일체감을 가슴에 새길 수 있을 것이다.

당신이 아니라면 아이들이라도 꼭 보내라. 평생에 잊을 수 없는 좋은 추억, 훌륭한 체험이 된다. 이게 진정 살아 있는 교육이다. 아이들은 세계를 향해 눈을 뜨게 될 것이다. 외국 팀을 진심으로 응원할 수 있는 기분, 이게 세계화다. 그 아이는 앞으로 그 나라 일에 관심을 갖게 될 것이다. 이걸 계기로 마치 제 2의 조국 같은 느낌도 갖게 된다.

어느 팀이라도 좋다. 친선 협회 회원이 되어도 좋고, 홈 스테이를 신청하는 것도 좋다. 말이 안 통해서? 걱정마라. 뜨거운 가슴이면 된다. 외국 손님이 집에 오면 아이들 눈빛이 달라진다. 그걸 인연으로 세계를 달릴 징검다리가 놓이게 된다.

한데, 아직도 팀이 없다고요? 터키 응원석으로 오십시오. 터키는 우리에겐 혈맹의 형제국입니다. 피 흘려 우리를 지켜준 형제들입니다.

지난번 지진 때 우리가 펼친 거국적 모금 운동이 터키 TV에 방영되던 날, 그 곳 시민들은 감동의 눈물로 지켜봤다고 한다. 특히 노병들은 한국전에 참전한 사실이 그 날 만큼 자랑스러운 날이 없었다고 합니다.

터키 스탠드로 오십시오. 의리와 우정을 위해. ■

새것이 좋긴 하지만…

우리 병원 간호사는 지난해 휴대폰을 네 번이나 바꾸었다. 새로운 모델로 바꾸지 않고는 못 배기는 성미 탓이다. 이번에 새로 산건 어찌나 작은지 손안에 쥐어도 보이질 않는다. 올해는 또 몇 번을 바꿀려는지, 또 어떤 새로운게 나오려는지 궁금하다. 이 간호사뿐 아니다. 모든 젊은이가 마찬가지다. 젊은이들의 새로운 것에 대한 호기심이 이렇게 왕성한 나라는 지구상에 찾아보기 힘들다.

지난번 영국에 갔을 때와는 너무나 대조적이다. 거긴 아직 휴대폰을 들고 다니는 사람이 거의 없다. 어쩌다 젊은 비지니스맨이 고작이다. 그것도 군대 야전용 같은 큼직한걸 어깨에 메고 다닐 정도의 구식모델이다. 우리나라에선 지금쯤 박물관에 고물로 전시되어 있을 모델을 메

고 다닌다. 하지만 거기엔 일종의 위엄이 있다는걸 부인할 수 없다. 영국류의 보수주의적 기풍이 보인다. 깊이가 있고 무게가 있다. 권위 같은 게 느껴진다. 그게 영국이어서 일까? 난 솔직히 존경심마저 들었다. 유행에 쫓겨 새것만 찾는 우리 젊은이가 어쩐지 경박스러워 보이기도 한다. "무슨 소릴 하고 있어? 그런 착한 소비자가 있기 때문에 우리 휴대폰 산업이 세계시장을 석권할 만큼 성장한게 아닌가? 그런 낡은 시각으로 세상을 보지 말게나." 무역업을 하는 내 친구의 충고다. 그러고보니 그런 측면도 있네. 하지만 그래도 난 복고풍에의 향수는 간직하고 싶다. 모두들 새 아파트가 편리하다고 몰려들어도 대대로 물려받은 옛집이 좋다는 사람이 난 좋다. 부럽고 존경스럽다. 새소리, 맑은 시내, 바람소리, 밝은 별……. 천년이 가도 변하지 않는 것들이 옛날 그대로 있다는 것은 우리에게 얼마나 큰 위안이며 즐거움이냐.

　우리 어머니는 지금도 참기름병을 반질반질하게 손질해 놓고 있다. 파란색의 그 병이 언제부터 있어 왔는지 우리집 누구도 정확히 알진 못

한다. 족히 30년, 아니 40년은 되었으리라. 안깨어진 것만도 신통하다. 거기엔 어머니의 눈물이, 서러움이, 아, 그리고 온갖 애환이 서리서리 얽혀있다. 그 병을 매만지며 가난한 부엌을 꾸려야 했던 어머니의 주름진 얼굴이 눈에 선하다.

오래된 옛집, 낡은 가구들과 함께 자란 아이들은 사람 깊이에서, 무게에서 다르다. 그 고풍스런 분위기 속에 깊은 인생도 배우게 되는 것이다. 배우기보다 절로 몸에 배게 된다. 난 지금도 여름 방학이면 우리집 중간채 뒷 편 툇마루에 게을리 누워 책을 읽으며 간간히 떠가는 흰구름을 바라보던 시절이 눈물 겹도록 그리워진다. 이제 대구 공항으로 바뀐 우리 고향마을은 비행기 폭음으로 요란하지만 내 마음 속엔 아직도 '음매' 하는 우리집 누렁이의 울음소리가 귀에 쟁쟁하다. 옛것에의 향수에서만은 아니다. 내가 가진 것에 작은 애착이나마 갖자는 거다. 하긴 사람에 대한 애착도 없는 세상이긴 하다만. ■

외국인 노동자에 떡국

네팔에서 열린 가족 아카데미 행사는 내겐 참으로 신비스럽고 인상적이었다. 특히 현지 안내원 '쿠룽'의 재치 있는 유머는 피곤한 여정을 즐겁게 해 주었다. 그는 불법 체류까지 합쳐 한국에서 6년간 근로자 생활을 했었다. 그걸 계기로 한국말을 배워 안내원을 하게 되었으니 자기로선 큰 행운을 잡은 셈이다.

고생이 많았지? 돈은 많이 벌었느냐? 네팔보다 그의 한국 인상이 더 궁금했다. "약속한 대로 월급만 다 나왔어도 부자가 될 수 있었는데……." 아쉬운 표정은 잠시, 그는 특유의 기지를 발휘, 버스 안을 온통 폭소의 도가니로 만들곤 한다. 왜 고생이 없었겠어. 한국말만 들어도 진저리가 난다는 사람도 있었는데. 천성이 밝아서일까, 그에겐 그런 어두운 구석이라곤 찾아 볼 수 없었다. 아니면 종교적인 심성일까? 누굴 원망하거나 미워하는 기색이 전혀 없었다.

후유! 난 조마조마한 가슴을 쓸어 내렸다. 다행이다. 그리 나쁜 인상이 아니었다니 고맙기도 하고.

하지만 다음 순간, 곰곰이 생각해 보니 그렇게 자위하고 있는 내 자신이 얼마나 낯 뜨거운 짓인지 얼굴이 달아올랐다. 부끄럽고 미안했다. 신문엔 요즈음도 외국 근로자의 딱한 사연들이 연이어 보도되고 있다. 임금 체불, 착취, 인간 이하의 대접, 심지어 때리기까지 한다니. 산업 재해에도 속수무책, 어디에라도 하소연할 곳이 없다. 누구나 기피하는 3D 업종, 그 열악한 환경에서 중노동을 하고 있다. 이들 덕분에 그래도 수출 시장이 이 만큼이나 돌아가고 있는데.

이들의 딱한 사연을 듣노라면 마음이 아프다. 큰 죄나 지은 듯 차마 고개를 들 수 없다. 네팔, 꾸룽의 넓은 도량이 그래서 더욱 고맙고 인상적이다. 이제 곧 설이 온다니 꾸룽의 설날 이야기를 하지 않을 수 없다. 사장네가 모두 설 쉬러 고향에 내려가고 공장엔 외국 근로자 몇 만이 덩그러니 남았다. 산골이라 근처 식당도 없고 꼬박 닷새를 라면만으로 때웠더니 창자까지 꼬여 버렸는지 변도 안나오더란 것이다.

꾸룽도 그렇지만 한국에 올 정도면 그 나라에선 괜찮은 집 젊은이다.

근무를 마치고 돌아 갈 때 이들이 갖는 한국에의 인상은 어떠할까? 생각할수록 끔찍하다. 미워하고 싫어하고 철저한 혐한, 반한(反韓) 인사가 되어 돌아갈 걸 생각해 보자는 거다. 이들 나라와도 교역을 해 먹고

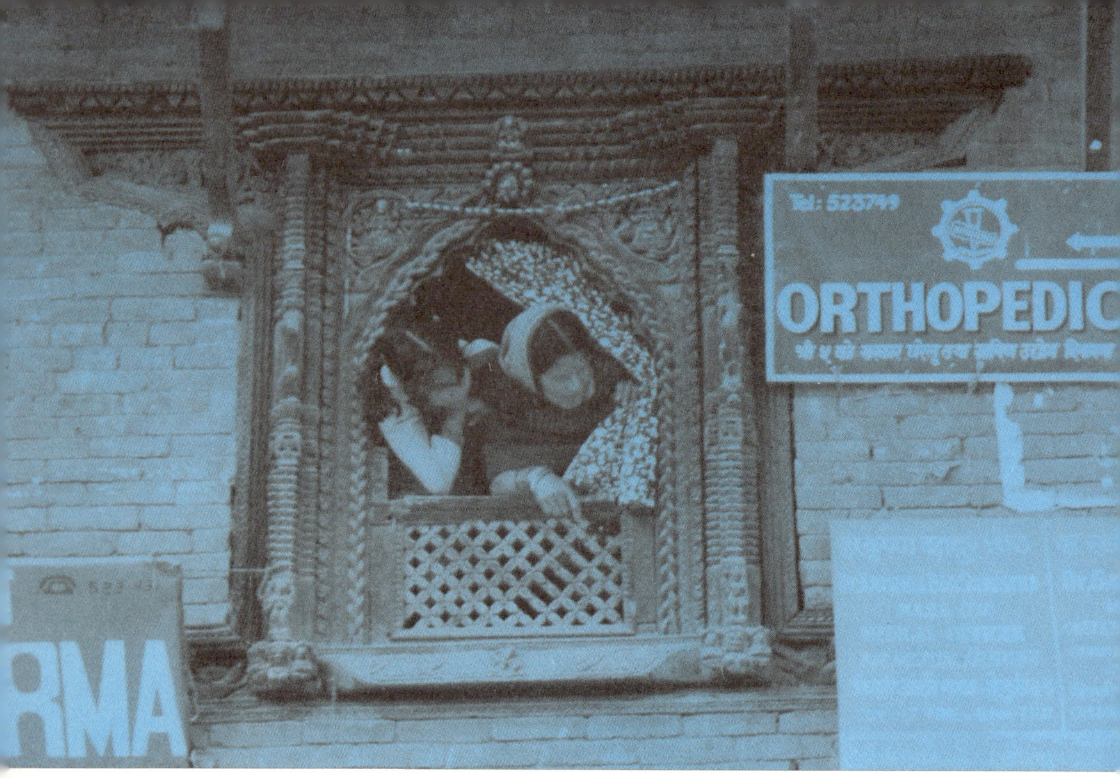

살아야 할 텐데.

한때 일본을 경제 동물이니 하면서 온 세계가 규탄하던 때가 있었다. 상품 불매 운동까지 벌어지기도 했다. 그러나 요 몇 년 사이 그런 말은 들어 볼 수 없게 되었다. 이유는 간단하다. 못 사는 나라에 많은 투자를 해왔다. 그 나라 젊은이를 초청, 학교도 보내고 기술 훈련도 시키는 등 친일인사로 만들어 돌려보낸다. 그 뿐인가. 얼마 전 큐슈에서 열린 다문화 정신 의학회에서 놀라운 보고를 접하게 되었다. 대 도시는 물론이고 산간 마을까지 국제 문화교류 센터가 설치되어 외국 문화 이해를 위한 교류도 활발하고 외국인이 일본 문화에 잘 적응할 수 있도록 상담 프로까지 개설해 놓고 있다. 이 보다 더 효과적인 외교도 없다. 이들이 돌아가 일본 세일즈맨이 될 테니 상술로선 아주 고급 상술이다. 멋진 미래 투자다.

나도 미국 유학 시절, 고마운 미국 가정이 호스트가 되어 주었다. 명절 때는 함께 지내는 건 물론, 처음 온 외국 생활에 적응하기까지 물심양면으로 도와준다. 그 때 맺어진 인연은 지금까지도 소중히 이어져 오고 있다. 지난 여름엔 프랭클 2세 두 아이가 한국의 우리 아이네 집에서 한 여름을 보냈다. 국경을 초월하여 세대를 걸친 친교라는 제하에 그곳 신문에도 양가의 인연을 감동적으로 다룬 기사가 실렸다.

내겐 보은의 뜻도 있다. 한국에서 국제 학회가 열리면 우리 집은 외국 손님으로 넘쳐 난다. 학문적 교류는 물론이고 그 끈끈한 인간관계는 돌아간 후에도 국제무대에서 나의, 그리고 한국의 적극적인 지지, 후원자가 되어준다.

월드컵만인가, 요즈음엔 외국 유학생도 많다. 응접실을 열어 호스트가 되어 보라. 그 보다 더 좋은 친교가 없다. 아이들에게도 좋은 교육이다. 이게 세계화의 첫 걸음이다.

그리고 잊지 말자. 외국 근로자, 낯선 타국에서, 아직도 20대의 철부지들이다. 설날 아침, 이웃에서 떡국 한 그릇의 인정을 잊지 말자! ■

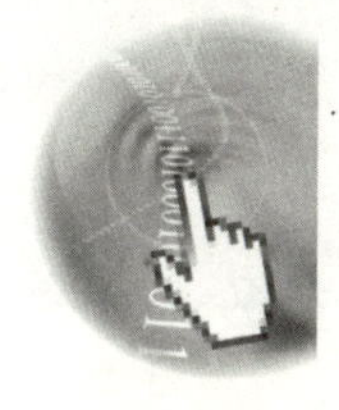

사이버 세계와 현실

요즈음 참으로 어이없는 기사를 자주 접하게 된다. 얼마전 사자 우리에 뛰어든 청년이 있었다. 타잔 흉내를 한번 내볼 양으로 뛰어 들었다. 놀란 사자가 덮쳤다. 사육사가 달려와 겨우 목숨은 구했다. 다행히 치명적 상처는 입지 않아 며칠 후 퇴원하게 되었다.

퇴원을 하면서 그 청년 왈 "역시 사자는 세던데요." 참으로 어이없는 해프닝이다. 사자와 한판 겨뤄 보겠다고 맨주먹으로 뛰어들었다니 말이다. 영화에선 어떤 맹수와 싸워도 타잔이 이기게 되어 있다. 그걸 그대로 믿은 것이다. 영화와 현실을 구별 못한 것이다. 요즘은 가상 세계가 또 현실을 왜곡시키고 있다.

며칠 전 일본에선 게임 룸에서 자동차 비켜가기 게임을 한 청년이 몇

번을 성공적으로 골인하자 그만 용기가 생겼다. 서툰 솜씨에 아버지 차를 몰고 진짜로 고속도로를 달린 것이다. 갓길만인가. 중앙선도 넘나들며 요리 조리 신나게 달렸다. 하지만 그 위험한 곡예 운전이 오래갈 리가 없다. 결국 정면충돌하는 사고를 내고 말았다. 중환자실에 누워 겨우 정신이 들었을 적에야 비로소 그는 가상 세계에서 현실로 돌아올 수 있었다. 너무나 어이없다.

✳

내 환자는 심한 대인공포증이다. 밖에선 친구에게도 감히 말 한 마디 못 붙이는 숙맥이다. 그러나 인터넷 채팅방에선 전혀 두렵지 않다. 자신을 얻은 그는 여학생과 만날 약속을 하곤 용감하게 나갔다. 하지만 여학생을 본 순간 그만 얼어서 말 한 마디 붙이지 못하고 달아나다 시피 그 자리를 떴다. 채팅방에선 그렇게 자신 있더니! 본인으로서도 황당했지만 상대인 그 여학생은 또 얼마나 황당했을까. 젊은이들은 요즈음 밤 늦게까지 혼자서 컴퓨터와 씨름하고 있다. 온 세계인과 친구가 되고 온 지구상의 사람들과 연결이 되어 있다. 하지만 그건 어디까지나 가상세계 속의 착각일 뿐 실제로 인터넷은 사람 하나 하나를 모래알처럼 떼어 놓고 있다. 지구촌이 하나로 연결되어 있는 듯한 착각을 하지만 컴퓨터를 끄는 순간, 댕그라니 방안에 홀로 앉은 자신을 발견하곤 소스라치게 놀랄 것이다. 컴퓨터는 만능이다. 인터넷은 벤처 산업의 산실이다. 한 건만 잘하면 당장 억만장자가 된다. 모두들 잔뜩 꿈에 부풀어 있다. 하지만 벤처의 성공률은 열의 하나도 안 된다. 그래서 벤처다.

허황한 과대망상에 사로 잡혀 있다가 사업이 실패로 끝났을 때의 그 참담함이라니! 가상과 현실의 구별을 분명히 할 수 있어야 한다. 너무 오랫동안, 혼자 가상세계에 빠져 있노라면 현실감각이 무뎌진다. 현실 판단을 올바로 못하면 정신병이 된다. 이게 바로 인터넷 정신병이다. ■

목욕탕의 '외로운 총잡이'

 갔었던 곳이래야 기껏 온양·동래 온천 정도였다. 한데 요즈음은 아주 지천에 널린 게 온천장이다. 시내 한복판에도 있다. 쉽게 갈 수 있어 편리한 것 까진 좋다. 시설도 좋고 값도 그만그만하다.

한데 우선 시끄럽다. 탕에 들어선 순간 왁자지껄한 소리에 현기증이 난다. 느긋한 기분을 즐길 수 있기엔 상당한 인내심이 필요하다.

그리고 바닥에 어지러이 널린 물통, 수건들을 헤집고 무사히 들어가기가 쉽지 않다. 그래도 바닥에 널린 수건이야 발로 치운다지만 수도꼭지, 샤워 캡에 걸린 것들은 어쩔 것인가. 몇 군데 기웃거려 보지만 사정이 다르지 않다. 결국 그 더러운 수건을 겨우 손가락으로 집어 치워야

46

한다. 바로 뒤 수거함에 몇 장의 수건이 쌓여 있는 게 신기할 뿐이다.

정말 신경을 긁는 건 그 다음이다. 샤워 물을 틀어 놓은 채 비누칠을 하고 있는 위인들이다.

그날도 예외가 아니었다. 이 두 사람은 틀어 놓은 채 아예 잡담을 하고 있다. 조용히나 했으면 그래도 지나칠 수 있으련만 이건 아주 주위 사람은 안중에도 없이 제 멋대로다.

※

그때였다. 수건을 치우던 종업원이 두 사람의 물을 잠가 주었다. 친절한 종업원이었다. 한데 이게 뭔가. "야, 왜 그래, 난 쓰고 있는데!" 벌컥 고함을 질러댄다. "필요하면 제가 다시 틀어 드릴게요" 종업원은 자주 당해 보는 일이어서 일까. 예상이나 한 듯 크게 당황하는 것 같지도 않았다. 손님도 어이가 없는지 더 이상 시비는 없었다. 사태는 그로서 끝나는 듯 했는데 옆자리 젊은이가 불을 질렀다. "뭘 틀어줘? 필요하면 자기가 틀지" 물론 이건 종업원에게 한 말이지만 화살은 문제의 손님에게 향하고 있었다. 그리고 그건 누가 들어도 도전적이었다. "뭐요? 남의 일에 웬 참견이요?" 화가 난 손님이 가만히 있을 리 없다. "이게 남의 일이 아니기에 하는 소립니다. 첫째, 당신들은 너무 시끄러워요. 우린 여기 조용히 쉬러 왔지 당신들 떠드는 잡담, 고함소리 들으려고 온 게 아니거든요. 둘째, 당신들이 그렇게 물을 낭비하면 물 값, 전기료, 기름 값이 더 들 테니 이 집 목욕료가 오르지 않겠어요? 우리가 세계에서 물을 제일 많이 쓰는 민족이란 것도 알고 계시겠지요? 그리고 바쁜 종업원이 당신 시중만 들 순 없지 않습니까? 거기다 지금 밖에는 가뭄으로

 갑자기 주위가
조용해졌다. 샤워도 모두 끈 채. 그리고 이 우람한 체구의 젊은이가 하
는 말에 귀를 기울이고 있다. 그의 말은 차분했지만 얼굴은 파르르 떨
고 있었다. 여차하면 한 방 날릴 기세였다. 문제의 손님은 둘이었지만
이 젊은이 체구가 워낙 당당하다. 잔뜩 화가 났지만 어떻게 해 볼 수 없
는 상황이다. 근처 젊은이 몇 명도 모여 들었다. 이 용감한 젊은이와 일
행 같진 않지만 만약의 사태에 누구 편을 들것인지는 내 눈에도 분명해
보였다.

"나, 참 더러워서!" 세 불리를 의식해서였다. 혼잣말로 중얼거리며 비
누 수건을 바닥에 내동댕이치는 걸로 마무리가 돼가는 듯했다. "손님,
수거함이 바로 뒤에 있습니다." 젊은이의 목소리는 차분하고 예의도 발
랐다. 하지만 이건 다분히 명령이었다.

옆의 친구가 얼른 집어넣었다. 그리곤 서둘러 샤워를 끝내고 나가는
등 뒤에 모여든 젊은이가 박수를 쳐댔다. 둘이 힐끗 돌아보긴 했지만
사태는 그것으로 끝. 그때까지 한 마디 거들지도 못하고 가슴 조였던
나였다. "감사합니다, 그리고 존경스럽습니다." 이게 그 젊은이에게 내
가 할 수 있는 전부였다. 이제 사람들은 뿔뿔이 탕으로 흩어졌다. 다시
웅성거림이 일긴 했지만 아까처럼 시끄럽진 않았다. 바닥엔 수건도 널
려 있지 않고 누구도 감히 물을 함부로 쓰는 사람도 없었다.

✖

난 그제야 탕에 들어가 눈을 감았다. 느긋하고 기분이 좋았다. 아주
통쾌했다. 서부 영화의 한 장면이 떠올랐다. 불의를 보고 분연히 일어
선 외로운 총잡이, 겁먹고 지켜보던 마을 사람들이 드디어 가세, 악당

을 물리친다. 요즈음은 왜 이런 서부 영화도 없을까. 불의가 정의로 되는 조폭 영화가 판을 치더니 모두들 정의 감각도 무뎌지고 불의를 보고도 울분할 줄 모르게 된 것일까.

그 젊은이가 보여준 작은 용기가 감동적인 것도 그래서였을 것이다. 목욕탕에서 벌어진 하찮은 일에 우리가 이렇게 감격하다니!

덩치만 크고 힘만 좋으면 뭘 해. 용기가 없으면 그건 썩은 힘이요, 썩은 젊은이다. 하긴 그런 걸 보고도 아예 울분도 못 느낀다면 그건 더욱 문제지만. ■

韓–美–日 '신용카드 삼국지'

오랜만에 셋이 저녁을 먹었다. 일본의 미야와키. 미국의 패터슨, 이 둘은 지한파요 대단한 친한파다. 해서 술이라도 한 잔 하면 체면 불구하고 서로의 험담을 하느라 때론 분위기가 험악해지기도 하지만 우리는 그게 사랑이라는 걸 알고 있다.

그 날은 미야와키가 들고 온 한국 경제 신문이 화근이었다. 신용 불량자 250만, 지난해 150만 명을 사면해 줬는데도 계속 늘고 있다니? 대학생 61%가 카드 소지, 그 중 30%가 연체 경험, 그뿐인가. 수입도, 자제력도 없는 20대가 카드 연체의 40%를 점한다……. 카드 망국론이 나오게끔 되었다.

카드 빚에 쫓겨 절도, 강도, 유괴까진 또 그렇다 치자. 딸의 카드 빚 때문에 아버지가 자살한 대목에서 패터슨은 할 말을 잃는다.

미야와키는 그래도 한국이다. 사회 전체가 활력에 넘치고 화끈하다. 한국인은 용감하다. 순간의 판단력, 기민성, 기동력, 과단성, 실패를 두려워 하지 않는 도전……. 이런 벤처 정신이 오늘의 한국 사회를 이끌어 가는 힘이다. 실패도 많지요, 하지만 그만큼 성공도 많다. 21세기 정보화 사회, 한국이 주역으로 떠오르고 있다는 게 전혀 이상한 일이 아니다.

일본을 보라고, 돌다리도 두드리고 앉았다. 한 푼을 쓰지 못해 부들부들 떨고 있다. 십년을 넘어 이러고들 있다. 너무 조심스러워 도대체 움직임이 없다. 불황의 늪을 헤쳐 나올 힘마저 잃은 것 같다. 신중하게, 실수 없이. 이건 산업 사회에선 유용한 덕목이었다. 일본이 한때 잘 나갈 수 있었던 건 그래서였다. 하지만 앞으로의 벤처 사회는 이래서야 살아날 방법이 없다. 정부도 온갖 수단 다 써 봤다. 제발 돈 좀 쓰라고 상품권까지 나누어 준 나라가 이 지구상에 또 있을까. 그래도 안 써요, 겁이 나서. 한국 사람은 대충 보고 건너요. 그러다 빠지면 헤엄쳐 나오지. 돈도 잘 써요. 없으면 빚을 내서라도 쓴다. 아무리 많으면 뭘 해. 농 밑에 쌓아 두고 안 쓰면 거지다.

한국과 일본이 반반씩 되었으면 참 이상적일 텐데. 한국은 너무 잘 써 탈이고, 일본은 너무 안 써 탈이니까.

그래, 한국 사람은 너무 기분파야. 손님 기분만 맞추면 내일은 삼수

갑산, 막 쓰거든, 그으면 되니까. 갚을 생
각은 다음이다. 분수도 몰라. 남이 쓰면
나도 써야 하니까.

그러고 보니 미국의 합리적 소비 패턴
을 우리 두 나라에서 배워야 할 것 같다.
미국 가정은 어릴 적부터 금전 감각
에 대한 교육이 철저하고 엄격하다. 무
엇보다 자기 용돈은 자기가 벌어야 한
다. 집에서 타 쓸 때도 그만한 값어치의 일을 하고
그 보수로 받는다.

좀 별난 엄마는 슈퍼마켓에 갈 적엔 아이를 데려가지 않는다. 물건
하나를 샀으면 그 자리에서 값을 치러야지, 슈퍼에선 원하는 건 뭐든지
카트에 담기만 하면 된다. 마치 공짜 같다. 철부지에게 행여 이런 기분
을 줄까 두려워서다. 수표나 카드도 제 손으로 벌고, 그리고 분명한 자
기 통제력이 생겨야 쓴다. 그 전까지는 현찰이다. 그래야 돈에 대한 감
각이 확실해진다는 논리다. 쓰되 계획 하에 자기 분수에 맞게 자기답게
쓴다.

한국 부모가 이런 이야기를 들으면 어떤 생각을 하게 될까?

난 그래도 한국의 푸근한 인정이 좋아. 용돈도 푸짐하고, 기분대로
쓰고, 신용 불량자로 몰려도 면책해주고……. 말 한 마디로 천 냥 빚을
갚는 게 한국 사회다.

이런 구석도 있어야 사람 사는 훈기가 나지. 미국에서라면 어림없는
소리. 미국에서 신용카드는 진짜 신용의 상징이다. 길거리 가판대에서

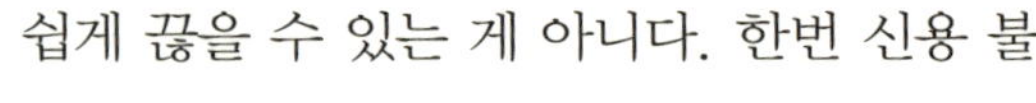

쉽게 끊을 수 있는 게 아니다. 한번 신용 불량자로 몰리면 이건 가히 사회적 죽음이다. 그로써 그의 인생은 끝장이다. 어떻게든 이것만은 면해야겠다고 바둥거리는 걸 보면 산다는 게 이렇게 엄격해서야? 하는 생각이 드는 걸요.

서구 사회는 불신에서 출발한다. 서로 믿지 못한다는 전제를 깔고 거래를 한다. 서면 계약을 하고 증인을 세우고, 그도 모자라 공증까지 한다. 만약 어기면 엄한 처벌이 가해지는 경찰 문화다. 사는 재미가 없어요. 으스스해요.

패터슨의 엄살에 우린 웃을 수도 없었다.

❋

하지만 불신에서 출발, 결국 신용 사회를 만들었다. 한국은 서로 '믿는다' 는 데서 출발, 결국 불신 사회가 되었고. 한국의 인정에, 신용까지, 그럴 수 있을 때 선진국 대열에 성큼 들어 설 수 있다. 이번 한국 국가 신용 등급이 2단계나 껑충 뜀으로서 국제적 위상은 물론이고 당장 외채 이자가 떨어진다. 신용이 곧 돈이라는 사실을 뼈저리게 느끼게 된다. 국가도 회사도 그리고 개인도 결코 여기에서 예외일 수 없다.

미국의 합리성, 일본의 절제와 신중함, 거기다 한국의 인정이 접목될 수 있다면, 우린 단연 세계 정상이다. ■

시들은 카네이션

연휴 끝이라 제주 공항은 붐비고 있었다. 시간에 쫓겨 가는데, 그 할머니의 처연한 모습이 걸음을 멈추게 한다. 공항 경찰이 나란히 앉아 대화를 시도하지만 잘 안 되는 모양이었다. 겁에 질린 표정, 움푹 파인 눈엔 눈물도 말랐다. 어버이날이 사흘도 지난 카네이션도 말라 있었다. 이따금 주위를 두리번거리는 찌든 눈가엔 온 세상을 원망하듯 지친 핏발이 서 있다.

두고 간 자식을 원망하겠지, '어떻게 키웠는데' 분통이 터진다. 북받치는 설움을 못 견뎌 자살하는 노인도 있다. 이게 한국 노인의 안타까운 현주소다.

거기 비해 일본 노인은 '깨끗이 죽기 위해' 자살한다. 사랑하는 가족,

개인
사진
이미지
스태후

친지에게 사경을 헤매는 추한 모습을 보이고 싶지 않다는 것. 갑자기 중풍이라도 와서 식물인간으로 중환자실에 몇 해를 있게 된다면 그 지겨운 부담을 가족에, 사회에 지게 할 순 없다. 품위 있는 모습을 남기고 가겠다는 것이다.

✳

한일 정신학회에서 일본 학자의 다음 이야기도 참 인상적이었다. 효? 아이들이 잘 해 준다면 더 없이 고맙겠지만 안 한다고 서운해하진 않겠다는 게 그의 지론이었다.

아이들은 우리가 낳고 기른 은공을 어릴적에 이미 다 갚지 않았느냐. 방긋방긋 웃고, 서고, 걷고, 그리고 말 한 마디 익힐 적 마다 얼마나 경이로웠던가. 대단한 감동이었다. 녀석이 피는 재롱에 온 식구가 둘러 앉아 박수치고 웃고, 애비는 비디오를 찍고 모두들 얼마나 행복해 하였던가.

이 보다 더 소중한 기쁨이 또 어디 있을까. 녀석이 가방을 메고 학교 가는 뒷모습, 얼마나 대견스럽고 자랑스러웠던가. 세상 무엇과도 바꿀 수 없는 큰 보람이었다.

뭘 더 바래? 그만하면 됐다. 갚고도 남는다. 낳아 주신 은혜라지만 좀 큰 틀에서 볼 수도 있어야 한다. '인간은 울면서 태어난다'고 한 선현의 뜻도 생각해 보자. 아이의 인생이 장밋빛만은 아니다. 이건 아이가 바란 것도 아니다. 그래도 아이는 온갖 기쁨을 다 주었다. 사랑은 되돌아오길 바라지 않는 것. 사랑은 빚이 아니다. 아이는 빚쟁이도 아니요 노후 보장용 보험도, 투자도 아니다.

아이에게 베푼 사랑은 내가 그러고 싶어서 한 것이다. 그렇게 생각하면 행여 서운한 기분이 한결 덜 할 것이다. 아이들이 잘 해준다면 덤으로 생각하고.

인도의 거지는 고맙다는 인사를 하지 않는다. 우리로선 좀 서운도 하고 당혹스럽기까지 하다. 하지만 그네들 생각은 우리와는 전혀 다르다. 베풀면 베푼 사람에게 그만큼 좋은 일이 생긴다. 고로 준 사람이 오히려 감사를 해야 한다. 제 기분 좋아서 하는 일에 내가 무슨 감사를? 이게 인도 거지의 생각이다.

스페인 거지는 한 수 더 뜬다. 아주 거만하다. 줄테면 주고 말테면 말아라. 아주 배짱이다. 모자만 벗어 놓고 자기는 나무 그늘에서 낮잠을 즐긴다. 죽는 시늉을 해야 겨우 돌아보기나 하는 우리 거지 신세와는 너무 딴판이다.

※

베풀되 바라지 말아야 하는 건데 괜히 다 주어버렸다고 뒤늦게 후회다. 요즈음 우리 연배의 풋 영감들이 모이면 이런 타령이 단연 화두다. 며느리가 괘씸하다는 불평도 더러는 있다. '어떻게 키웠는데, 자기가 딱 차지하고선……' 그게 누구 돈인데? 이 말까지 하고 싶지만 참는 게 역력하다.

아직 갈 길은 먼데, 생각하면 아찔한 기분도 든다. 효를 믿을 수도 없고 국가, 사회, 누구도 나를 책임지려 하지 않는다.

누구를 믿을 수도 없고 믿어서도 안 된다. 자기 인생 자기가 책임 질 수밖에 없는 가혹하고 어두운, 참으로 무거운 현실 앞에 우린 서 있다.

그걸 인정하자. 하지만 그래도 그렇지, 어찌 이럴수가? 낯선 대합실에 엄마를 남겨두고 혼자 비행기에 올랐을 그 젊은이의 가슴에도 사람의 심장이 뛰고 있었을까? 어머니 가슴에 카네이션이 말라 빠져도 그 젊은이 가슴에 피가 흐르고 있을까. ■

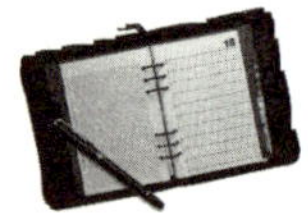

주5일 근무제 자신 있습니까?

이제 주5일 근무제는 돌이킬 수 없는 대세인 것 같다. 노사정간에 원칙적인 합의도 된 것 같고 세부 사항에서 진통이 있는 모양이다.

은행 같은 큰 단체에서 실시하겠다고 나섰으니 주5일제로의 확산은 급물살을 탈 것 같다. 지난 주 은행장과 노조 위원장이 합의 후 만면에 웃음을 지으며 악수하는 모습이 참 보기에 좋았다.

한데 왜 하필이면 은행에서 선수를 치고 나올까? 열악한 작업 환경의 힘든 육체 근로자부터 시행되어야 순서일 것 같은데. 그리고 지난 경제 위기의 진원지가 은행이 아니었던가. 피 땀 흘려 맡겨둔 예금을 찾느니 못 찾느니 무척이나 애를 태우게 하더니, 구조 조정으로 수많은 동료들을 쫓아내더니, 그리곤 위기의 한국 경제를 볼모로 가히 천문학적인 공적 자금을 쏟아 붓지 않았던가.

그 빚을 다 갚고 그러는지, 국민들로선 궁금하다. 5일 근무제의 당위성을 인정하면서도 우리 형편에? 하는 국민도 적지 않기 때문이다.

❈

미국은 오래전부터 이 제도가 정착되어 왔다. 부지런만이 먹고 살 길이란 생각에 젖었던 한국 유학생 입장에선 이렇게 많이 놀아도 되나 하는 걱정이 되기도 했다. 한데 그네들의 직장 분위기를 보면 그래도 되겠구나 하는 생각이 든다. 한 마디로 살벌하다. 공사가 분명해서 근무 시간 중엔 일체의 잡담이나 개인 용건은 용납되지 않는다. 오전, 오후 휴식 시간 20분 이외, 일하는 동안은 완전 집중이다.

그러나 여기도 느슨한 구석이 있었다. 문제는 금요일 오후다. 점심시간부터 이미 파장 분위기다. 중요한 회의도 금요일 오후는 피한다. 서로 알아서 배려를 한다. 병원에선 큰 수술도 없다. 눈치껏 퇴근한 차들로 고속도로는 일찍부터 몸살을 앓기 시작한다.

❈

이렇게 따진다면 5일이 아니라 4.5일 근무다. 5일 근무제가 되면 토요일 반나절이 아니라 하루를 까먹는 셈이다. 거기다 우리 일터 분위기는 어떠한가. 혹평을 하자면 보리밭 매는 풍경이다. 일 하는지 노는 건지, 커피, 잡담, 사용 전화, 면회……. 거기다 느긋한 점심시간, 한 잔에, 사우나까지, 그리고는 잔업으로 밤중까지 일한다.

어쨌거나 그 덕에 외국 바이어로부터 상당한 신용을 얻을 수 있었다.

오죽하면 부지런한 일본 사람을 게으르게 보이도록 만들었을까. 실은 이게 우리의 장사 밑천이었다. 생산성은 뒷전으로 하고. 대단한 기술도, 경험도 없는 우리에게 외국인이 일감을 준 건 우리의 근면성을 믿었기 때문이다.

노파심에서 묻고 싶은 건 이 점이다. 이제 근면에의 점수를 보충할 만큼 우리 기술이, 노하우가 발달되어 있는지, 합리적이고 열린 경영, 공사구별, 정직하고 신용을 지키고, 노사의 유연성, 정치적 청렴……. 이런 항목에서 우리는 몇 점을 딸 수 있을까? '근면성'을 빼고 말이다.

중국이 우리 시장을 잠식하는 걸 두려워하고 있는 형편이 아닌가. 오히려 환영할 일이다. 우리 시장을 다 내주어도 좋다. 그리하여 중국의 구매력이 커지면 우리의 Hi Tech, Hi Touch 상품으로 승부할 수 있는 실력이 있어야 한다.

소심증 국민이 궁금한 건 이 점이다. 노사정 모두에게 묻고 싶다. 정말 자신 있습니까? 은행이 선수를 치고 나선 게 축하보다 걱정이 앞서는 건 그래서다. 공적 자금을 그렇게 썼으면 이 문제에 관한 한 국민과의 정서적 공감대 형성이 있어야 한다.

＊

어떤 기업이든 잘 나간다고 임금, 복지를 노사간 합의만 하면 마음대로 할 수 있다는 생각에도 국민들은 선뜻 동의할 수 없다. 자유 경쟁 체제에서 무슨 소리냐고 몰아붙일 수도 있겠지. 하지만 비슷한 업종의 영세, 중소기업 입장도 생각해 보자는 거다. 여기가 부실하면 잘 나가는 큰 기업도 끝이다. 이건 상식이다. 그리고 더 큰 문제는, 그러다 망하면 그 부실 덩어리를 온통 국민이 떠안아야 하기 때문이다.

바로 지난 3월, 세계 제일 부국 스위스의 국민 투표 이야기는 우리에게 좋은 시사점을 던져 준다. 현행 주당 45시간을 그대로 할 것인가, 아니면 줄일 것인가를 물은 것이다. 결과는 현행대로였다. 부자가 공짜로 되는 게 아니다.

대세를 돌이키자는 건 아니다. 그러나 여기엔 경제적 측면은 물론이고 국민 의식, 생활 철학, 가치관까지 복잡하게 얽혀있다. 일터의 특성에 따라 치밀한 정지 작업 및 보완책을 강구해야 한다. ■

우리 아이가 혹시 '짱'?

자네가 너무 아까워서 그래, 자기 밖에 모르는 이 병적인 이기적 사회에서, 호연지기라곤 찾아 볼 수 없는 나약하고 약아빠진 젊은이 사이에서 친구를 위해 분연히 일어선 그 용기 앞에 우린 그저 부끄러움뿐이었다네. 방군의 끓어오르는 의협심, 정의감, 이건 정말이지 신선한 충격이었어.

어찌 자네뿐이랴. 따돌림, 학교 폭력, 얼마나 시달리고 괴로웠으면 스스로 삶을 마감했을까. 얼마나 원한이 맺혔으면 때린 녀석을 40번이나 찔렀을까. "기관총이 있으면 녀석들을 모조리!" 한 소년의 피 맺힌 절규도 난 듣고 있다. 그러나 자네 경우, 차원이 다르다. 친구가 부당하게 맞는 걸 보고도 아무것도 할 수 없었던 그 무력감, 비굴감이 끝내 의협심에 불을 질렀으니!

방군을 그냥 둘 순 없다. 안타까운 마음에서 우리는 벌써 여러 차례 모였다네. 또 모여? 하는 회의론도 만만치 않았다. 하지만 날로 잔인해지는 학교 폭력을 이대로 둘 순 없다는 절박한 심경에 국민 협의회도 구성 되었다네. 한데 자네의 그 불같은 정의감이 우리를 또 딜레마 속으로 밀어 넣고 말았네. 자네의 용기를 찬양하다간 자칫 폭력을 합리화시키는 모순에 빠지니까 말일세.

당한 학생도 설마하니 그렇게 끔찍한 보복까지야 생각을 못했겠지. 한때의 우쭐거림이 이런 비극까지 부를 줄이야 몰랐겠지.

방군, 정말 그 방법밖에 없었을까? 경고라도 줄 수 있었을 텐데. 현실적으로 어렵다면 익명으로라도 말일세. 우리가 아쉬운 건 그래서다. 그리고 당한 학생 가족의 슬픔을 지켜보면서 우리 모두는 무척 가슴 아팠다네.

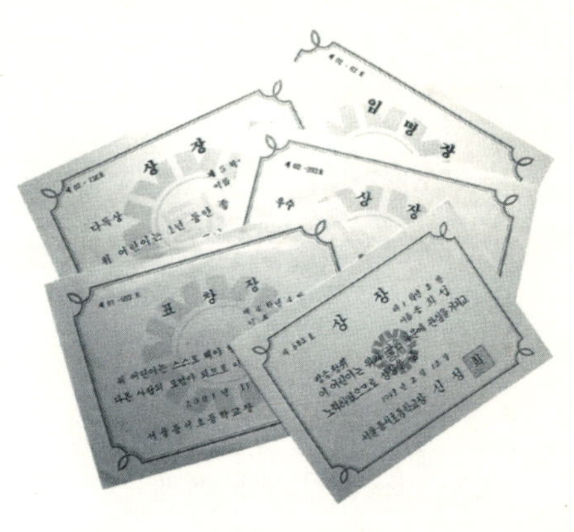

지난 토요일, 정말 억울하게 당한 학교 폭력 피해자 모임. 그들의 피 맺힌 절규가 지금도 귓전을 울리고 있다.

많은 분들의 여러 가지 진지한 의견이 나왔다네. 우린 일단 정부의 최고 책임자가 국민에게 사과하고 특단의 조치가 있기를 촉구하려고 한다. 그리고 "설마, 우리 아이는" 하고 뒷전에 물러나 있는 모든 학부모에게 문제의 심각성을 일깨우고자 한다. 우리 아이도 맞고 있다. 그저 자존심이 상해 말을 못하고 있을 뿐이다. 왜 요즈음 아이들이 그렇게 정서가 불안하고 충동적이고 폭발적인지, 쉽게 좌절하고 자포자기하는지, 그 까닭을 아느냐고 물어 보련다.

"야, 너 점심시간에 좀 보자" 짱으로부터 이 말을 들은 아이가 공부가 될까? 불안해서 교실에 있을 수도 없다. 이유 없이 조퇴, 귀가를 하여 홧김에 엄마를 폭행하는 아이도 있다. 우리 아이 성적이 떨어지고 힘이 없을 때 무슨 사연인지 대화라도 시도해 본 적이 있느냐고.

그리고 짱에게 묻는다. 중고 시절의 동창은 평생의 자산이다. 자라서 식당을 열어도, 시의원 출마를 해도 내일처럼 달려와 도와줄 사람도 중고 동창들이다. 이 귀중한 자산을 친구는커녕 "두고 보자"고 평생 이빨을 가는 원수로 만들다니! 세상에 이런 바보가 또 있을까.

그리고 짱의 부모에게, 조금만 자세히 관찰하면 알 수 있다. 집에서 준 용돈에 비해 쓰임새가 좋거나 안 보던 옷이나 시계, 혹은 아이 친구들의 언동만 봐도 알 수 있다. 우리 집 아이가 그 몹쓸 짱일 수도 있다는 사실이다.

맞는 아이도, 때리는 아이도 아니라면 폭력 교실에서 눈치만 보며 비굴을 삭여야 하는 딱한 아이다. 어느 아이고 상처투성이다. 이젠 학교 당국도 없다고 덮을 게 아니다. 교사, 학부모, 학생이 문제를 진지하게 다루어 보길 촉구한다. 매월 학교 폭력을 걱정하는 날을 정하는 것도 방법이다. 아이들 스스로 폭력 신고를 받고 집단 압력을 행사하는 것도 효과적인 방법으로 보고 되고 있다. 혹은 학부모와 긴밀히 연대하여 교내에서 학생들과 함께 어울려 생활하고 배우는 것도 아주 유효한 방법으로 알려져 있다.

그리고 학교에서는 친구 사귀기를 중심으로 인성 교육을 체계적으로 꾸준히 실시해야 한다. 대입이 중요할수록 인간 교육은 더욱 강화되어야 한다. 외톨이는 당장 학교 갈 재미도 없거니와 따돌림, 학교 폭력의 대상이 되기 때문이다.

※

그리고 잊지 말자. 피 묻은 손, 옷 그대로, 정든 학교를 뒤로 하고 벌을 받겠다고 스스로 경찰서로 가는 14살의 소년, 작은 가슴이 미어졌겠지. 처절한 뒷모습이 아직도 우리 눈앞에 아프게 아른거린다. 이 땅에 다시는 이런 불행이 되풀이 될 순 없다. ■

내 유골 백마고지에

"그래, 여기쯤이였어. 포대가 이쯤 배치되어 있었고 작전 참호는 저 아래 소나무 숲……. 그 덕에 이렇게 살아남은 거지." 노병의 말끝이 흐려졌다. 그 날의 참상이 떠오르는지 괴로운 눈을 감는다.

지금은 경기도 일동 종합고등학교 운동장, 학생들 몇이 한가로이 공을 차고 있었다. 이렇게 평화로운 땅이 형의 포병 대대가 전멸 당한 참극의 전장이었다니!

1950년 12월 31일 밤, 눈 내린 전선엔 달이 유난히도 밝았다고 한다. 하지만 전황은 시시각각 불리해지고 있었다. 대포 사정거리가 자꾸 짧아져 가고 있었다. 5km, 4, 3……. 드디어 1.3km. 이쯤이면 바로 언덕 너머까지 적군이 밀어 닥쳤다는 이야기가 아닌가.

사거리가 짧아지니 포신 각도가 낮아지고 이
윽고 포탄이 산등성이를 넘지 못하게 되었다.

"어떻게 된 거야?" 다그쳐 물었지만 보병 부대로
부턴 아무런 응답이 없다. 그 순간 포진지에서 요란한 따발
총 소리가 들린다. 중공군이 이미 완전 포위, 포진지 뒤에서 일제 사격
을 가해 온 것이다. 정신없이 대포만 쏘느라 등 뒤까지 포위된 것도 모
르고 있었으니! 총 한방 쏴 보지 못하고 꼼짝없이 당한 것이다. 상황은
눈 깜짝할 사이 끝났다.

※

작전 참호는 포진지와 떨어져 있었던 게 행운이었을까. 선임 하사가
앞장 서 개울가로 달려갔다. 수수밭 속으로 다이빙 포복, 부러진 가지
에 얼굴이 찢겼는지 뜨끈한 게 흐른다. 아프진 않았다. 아랫마을 쪽으
로 기어가는 데 몇 걸음 앞서가던 국군이 따발총 사격을 받는다. 다시
방향을 돌려 개울을 건너 제 방에 올라서는 데 또 따발총, 사방이 막혔
다. 어디로 가야 하지? 다리에 맥이 풀린다. 그 긴박한 상황에 배는 또
왜 그리 고픈지, 생각해 보니 그 날 온종일 아무 것도 먹은 게 없다.

"뭘 꾸물거려? 빨리 와! 어딘가 뚫린 데가 있을 거야. 포위망이 완전
히 구축되기 전에 여기를 빠져나가야 돼. 날이 새기 전에" 선임 하사 목
소리에도 힘이 빠져 있었다. 그래, 일단 움직여야 했다.

"그날 밤, 우리가 어느 쪽으로 달렸을까?" 노병은 눈을 들어 멀리 남
쪽 산등성이를 둘러본다. "형! 미안해!" 불쑥 내 입에서 나온 말이다. 밑
도 끝도 없이 왜 이 말이 나왔는지 난 지금도 잘 모르겠다. 형이 힐끗 돌

아보더니 "싱겁긴!" 하고 씁쓰레 웃었다.

"눈 감고 밤새 달렸을 거야. 의정부 들머리쯤이었을까. 설날이라고 떡국을 끓이고 있더군. 바로 뒤에 탱크가 몰려오고 있는데. 이 순박한 백성들을 두고……."

형은 조용히 그 격전의 운동장을 다독거려 밟았다. "구천의 원혼이 되어 저 하늘을 떠돌고 있겠지. 어지러운 조국의 산하를 굽어보며 무슨 생각들을 하고 있을까." 올려다 본 텅빈 하늘가에 아이들 공 차는 메아리가 울려 퍼지고 있었다.

6.25 전쟁이 나자 형은 학도병 제 1기로 자원해 갔다. 세 번이나 포위를 당하고도 손가락 하나 다친 데 없이 용케 살아남았다는 게 그저 기적만 같다. 제대 후 일자리 하나 찾을 수 없었던 형은 일본을 거쳐 미국에 정착했다. 벌써 40년도 더된 일이다.

"형님, 여기도 뿌려야 겠네요?"

형은 대꾸를 안했다. 하지만 내가 왜 이렇게 묻는지 형은 잘 안다. 지난 번 방문 때 선산 가족 묘지에서 였다.

"여기가 형님이 묻힐 자리입니다." 형은 우리 집 6대 종손이다.

"여기 묻힌 들 누가 찾아오기나 하겠어? 더구나 미국 사는 아이들이?"

"그럼 형님, 미국에 묻힐 겁니까?"

"무슨 소리? 어떻게 지킨 조국인데!" 이 대목에서 조용한 형이 갑자

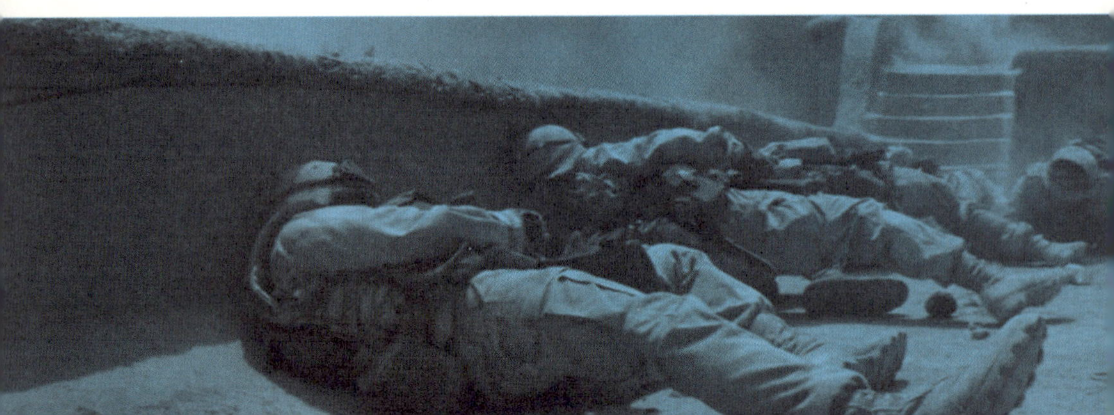

기 언성이 높아진다.

"화장을 해라. 유골 가루 한 줌 얻어다 고향 마을, 이곳 선산, 그리고 백마고지에 뿌려라."

난 아무런 대꾸도 할 수 없었다. 하지만 형의 그 피 맺힌 사연을 난 안다. 그래, 형, 어떻게 지켜낸 조국인데. 남의 땅에 묻힐 순 없지요.

그게 5년 전이다. 이번 방문은 은퇴 후 처음이다. 98세 노모의 손을 잡고 나란히 앉아 TV를 보던 형이 갑자기 일동에 가자고 나선다. 자기 부대가 지키던 마지막 방어선이 무너지면서 저 한 많은 1.4후퇴가 시작되었다는 일동 전장이다.

"여기까지 뿌리자면 유골 가루가 한 트럭은 있어야겠다. 백마고지, 금화, 철원 평야도 빼 놓을 순 없지." 오늘 처음으로 형이 웃었다. 참으로 묘한 웃음이었다. 철원을 거쳐 백마고지를 참배했다. 사연을 듣고 초소 헌병이 엄숙하게 거수경례를 한다. 지켜보고 서 있던 중년 남자 몇이 큰 절을 들여야겠다고 한다. 수선스럽긴 했지만 밉진 않았다.

"내가 아니고 저기요." 언덕 위 충혼탑을 가리키는 노병의 눈이 젖어 있다. ■

 # 터키형제여 우린 하나가…

터키의 월드컵 예선전이 한국에서 열린다는 소식에 우린 흥분했습니다. 그때부터 한터 친선 협회에선 응원 준비에 즐거운 부산을 떨어야 했습니다. 깃발, 현수막, 응원 T셔츠 제작에 들어갔습니다. 멀리 떠난 형제가 집으로 오는 그런 설렘이었습니다.

보셨지요? 노랑 바탕에 터키 국기, 우린 일찍부터 그걸 입고 뽐내고 다녔습니다. 신문, 방송에도 터키 응원팀의 열기가 보도되면서 응원 지원군이 1만 5천명 넘게 모여 들었습니다. 셔츠 6천매가 모자라 계속 추가로 만들지 않으면 안될 만큼 즐거운 비명을 올려야 했습니다. 물론 다른 나라 응원군도 속속 생겨났지요. 그러나 터키 응원이 언제나 압권이었습니다. 거기다 관중 대부분이 터키 응원을 하는 통에 행여 상대팀

사기에 지장이 있으랴, 주최하는 주인 입장에서 걱정이 되기도 하여 오히려 자제를 해야 했습니다.

드디어 결전의 날, 첫 시합 브라질전은 악운이었습니다. 석연치 않은 주심의 판정에 터키 형제의 심경이 얼마나 허탈했을까. 괜히 큰 죄나 지은 듯 송구스러웠습니다.

하지만, 훌훌 떨치고 나선 터키 전사들은 코스타리카 전에서 잘도 싸웠습니다. 하지만 마지막 순간 동점골, 우린 정말이지 울고 싶었습니다.

❊

중국과의 예선 마지막. 이웃사촌이라 한국까지 가세한 중국 응원단이 수적으로 압도했습니다.

우리도 총력을 다 했습니다. 남문 골대 뒤에 앉은 모든 한국인은 노란 터키 셔츠를 입고 목이 터져라 응원했습니다.

우리 응원에 보답이나 하듯 터키 전사들은 잘도 싸웠습니다. 경기가 끝난 순간, 16강 확정이란 소식에 우린 얼싸 안고 춤을 추었지요. 터키 선수들이 우리 앞으로 달려와 고맙단 인사를 하는 순간 응원석에선 감동과 환희로 넘쳐 났습니다. 그리곤 스탠드 뒤에서 만난 터키에서 온 응원팀과 함께 어깨동무하고 마음껏 춤도 추었습니다.

그날 밤 식당을 통째로 빌려 터키 16강 진출 축하 파티를 열었지요. 우린 정말이지 신나고 행복했습니다. 그 무렵 한국도 승승장구 16강 고지를 밟았습니다. 꿈만 같았습니다.

터키 팀이 일본으로 떠나던 날, "결승에서 만나요!" 우린 이렇게 빌었습니다. 그 이후 한국, 터키 팀은 파죽지세, 이윽고 4강 고지에 올라섰습니다.

세계 언론은 두 팀의 승리를 기적이라고들 극찬했습니다. 물론 우리 자신도 놀랐습니다. 아쉽게도 우리 행진은 거기서 멈춰야 했습니다. 그리곤 우리 형제 팀의 3, 4 위전이 대구에서 열리게 되었지요. 한국의 신문, 방송은 '형제의 나라' 터키와의 우의를 다지는 친선이 되도록 하자고들 다짐하는 보도가 나가고 한국인 역시 그러한 마음가짐이었습니다. 대구 시내에는 "터키를 사랑합니다" "감사합니다" 하는 깃발이 나부끼고 관중의 손에도 두 나라 깃발이 들려져 있었습니다.

이윽고 양 팀 선수들 역시 두 나라 국기를 들고 등장하자 스탠드에는 환호와 박수가 천지를 진동했습니다.

그래도 '한국이 이겼으면' 하는 생각이 왜들 없겠습니까만 터키군의 선전에도 아낌없는 박수가 터져 나왔습니다. 이윽고 종료 휘슬, 양 팀 선수는 약속이나 한 듯 어깨동무를 하고 감사의 인사를 했습니다. 형제의 우의를 세계 만방에 과시했습니다. 승자도 패자도 없었습니다. 세계 언론은 물었습니다. 어떻게 이럴 수 있느냐? 한국인의 그 넉넉한 심성에 놀랐다고 합니다.

다음날, 우리는 한국에 있는 모든 터키 형제들을 초청, 신나는 뒤풀이를 했습니다. 서로 축하하고 감사하면서 우리는 형제국임을 다시 한 번 확인하는 멋진 한판이었습니다. 잔치가 무르익어 갈 즈음, 터키 팀 주장 핫칸 슈크르와 전화 통화를 했습니다. 그는 3, 4 위전을 치른 후 대구 운동장을 빠져 나오자 밖에서 기다리던 관중까지 축하, 박수, 포옹. 그 뜨

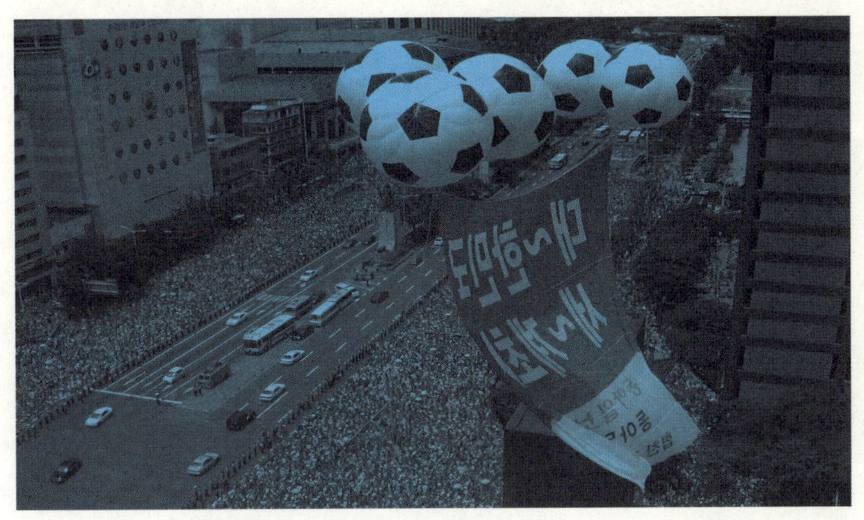

거운 우의에 어린애처럼 울어버렸다고 하자, 장내는 떠나갈 듯 공감의 박수가 터져 나왔습니다.

터키 형제들 정말 잘 싸웠습니다. 그리고 감사합니다. 그간 우리는 전쟁의 폐허를 딛고 살기에 쫓겨 우방 형제에의 감사 인사도 미처 못 드렸습니다. 그러나 결코 잊진 않았다는 건 지난 번 터키 지진 때 거국적인 성금으로 확인될 수 있었습니다.

이번의 뜨거운 응원 역시 우정과 감사의 발로였습니다.

이 소중한 우의를 고이 간직하고 더욱 돈독히 해야겠습니다. 앞으로 한-터 정기 축구전도 건의 할 생각입니다. 우리 두 팀이 언젠가 월드컵 결승에서 만날 날을 기다리면서. ■

카드제 구조
만팔 연장 요청
조흥은행 전면 파업
타결 가능성 있나
경제/해설
신한 협상 방향부터 엇갈려
Money 머니
월에 카드채 먹구름 몰려온다"
부자가 되는 길

화려한 스포츠, 초라한 경제

88 서울 올림픽. 온 나라가 들썩 거렸다. 우린 정말이지 우쭐했다. 우리 마당에 세계인의 축제가 열리다니! 대단한 자부와 긍지로 넘쳐 났다.

한껏 축제 무드에 들떠있던 즈음, 그러나 미국 뉴욕 삼성 본부엔 비상이 걸렸다. 전 미주 사장단의 긴급회의가 열린 것이다. "미국 시장에 삼성 제품이 잘 보이지 않는다. 대책이 있어야 한다. 이대로는 안 된다." 회의장 분위기는 침통했다. 머리를 맞대고 심야 마라톤 회의가 진행되었다. 신기술, 구조조정, 과감한 신규 투자, 이를 위해 모두가 허리띠를 졸라 매야 한다. 조용한, 그러나 비장한 결의가 그룹 전체로 파급되었다: 앞마당엔 민족 초유의 축제가 벌어지고 있는 데 뒷마당은 깊은 고민에 빠진 것이다. 하지만 그 때 앞질러 그런 고민을 했기에 요즈음

당시 올림픽으로 뜨기 시작한 우리는 고공비행이었다. 만 불 고지, OECD, 거칠 게 없었다. 아, 하지만 그게 얼마를 갔던가. 수많은 기업이 무너지고 경제는 최악으로 떨어졌다.

※

요즈음 우린 월드컵 흥분으로 한껏 부풀었다. 이제 세계 최고는 그림의 떡이 아니다. 신문을 펼쳐도 화려한 스포츠 면이 먼저다. 온통 거기에만 정신이 팔려 다른 건 눈에 들어오지도 않는다. 이러다 혹시 올림픽 재판이 되는 건 아닌지, 정신을 차려 경제면을 훑어 봤다.

7월 중순 어느 일간지의 경제면, 우선 활자 큰 것부터 보니, 경제면 1면 톱기사 – 10년 후 중국 회사 될 각오 – LG 전자, 본사 기능 대폭 이전, 한국엔 신제품 기지만 남기고. 제목만 봐도 섬뜩하다. 산업 공동화란 말이 머리를 스쳐가기 때문이다.

몇 해 전 부천의 축구공 제작 회사에 가 본 적이 있다. 한데 사람이 없다. 연구 개발부 직원 몇 뿐이고 공은 중국에서 만들어 온다. 인건비를 감당할 수 없어서다. 이번 월드컵 특수로 축구공 수입이 엄청 늘어난 기사를 읽으면서 텅 빈 그 회사가 눈에 아른거렸다.

다음 한복판 박스 기사 – 외국인 주주에 일단 물어봐. 외국인 투자 지분이 높아지면서 회사 의사 결정에 이들의 의견을 물어야 한다는 것. 직언을 하자면 허락을 받아야 한다는 뜻이다. 친철하게도 외국 지분율 50% 이상 회사를 도표로 보여 주는 데, 삼성전자, 현대차, 포스코, 이들은 한국의 간판 기업이요, 우리의 자존심이 아니던가. 이 회사들이? 아무렴 다국적 기업화가 대세라지만 그래도 한국 정서로는 어쩐지 서운하고 아깝고 자존심 상한다.

왼편 큰 기사 – 서울 은행 매각 난항 – 공정성 시비에 노조 반발 겹쳐, 합치면 인원 감축을 우려해 노조가 반대한다는 데, 좀 대국적으로 볼 순 없을까 하는 아쉬움이 든다. 인생 100년, 이제 75세까지 현역으로 뛰어야 하는 데 부실한 직장에 잠시 목을 메다느니 지금부터 인생 후반전 준비를 서둘러야 할 게 아닌가.

※

우측 박스 기사 – 담배 인삼 공사 민영화 연기– 무슨 이유에서건 이건 안 된다. 부실한 공기업의 민영화는 미룰 수 없는 과제다.

다음 장, 2면으로 넘어가면, 톱기사 – 기업 채산성 악화. 설비 투자 늦출 듯. 환율 급락에 따른 것이라는 데 수출 의존도가 큰 우리 경제에 환율 1,100원 대가 예상된다니 이 역시 걱정이다.

그 아래 박스 기사 – 놔두자니 부실, 말리자니 경쟁 저하. 은행 대금업 때문에 나온 걱정이다. 그 아래로 창투사 관리 강화 – 부실이 많다니 이 역시 걱정이다.

한복판의 큰 기사. 워크아웃 졸업. 영창 악기 – 경제면에서 처음 읽게 되는 기분 좋은 기사다. 축하합니다. 하지만 재기하기 까진 뼈아픈 구조조정, 품질 향상만이 비결이었다는 엄숙한 교훈을 던져 주고 있다. 우측 하단의 반가운 소식 – 1분기 노동 생산성 11.9% 증가. 한데 내용은 인력 사용을 줄인 탓이라 경쟁력 향상과는 무관하다니, 좋다 말았다.

3면 톱기사. 삼성전자 관련사, 헝가리로 속속 이동, 거기다 대규모 생산 단지를 조성한다니 LG전자 기사와 함께 산업 공동화가 두렵다.

박스 기사, 88 거품 교훈 삼아 월드컵 뒷관리를 철저히 하라는 삼성경제 연구소의 충고가 실려 있다.

그날 주가는 7.28% 하락. 그만 접어야겠다.

경제는 어두운 데 국민은 들떠 있고, 올림픽 악몽의 재판이 두렵다. 자신감은 좋다. 그러나 자만은 금물이다. ■

대관령 옛길엔 정이 흐르고

여름엔 동해로 가겠다는 사람들이 제일 많다. 거길 가자면 아슬아슬 대관령을 넘어야 했었는데 이젠 터널이 뚫려 아주 쉽고 빨라졌다. 그러나 피서객이 몰리면 속절없이 터널에 갇힐 각오쯤은 해야 한다.

꼭 그래서 옛 길을 권하는 건 아니다. 백두대간 정상에 걸터앉아 멀리 동해, 발 아래 웅장한 산세를 바라보노라면 가슴에 호연지기가 요동친다. 그것만으로도 상쾌하다. 천천히 차를 몰아 구불구불 고갯길을 내려가노라면 길을 가로지르던 다람쥐가 신기한 듯 쳐다본다.

길엔 차라곤 없이 한산하기 때문이다. 터널이 뚫리기 전 여기를 넘는다는 건 고역이었다. 매연, 브레이크, 큰 차들의 굉음, 목숨을 건 전쟁이나 치르듯 쫓고 쫓기는 신경전. 그 무시무시한 길이 이렇게 한가롭다

니 믿기지 않는다,

조금만 내려오면 반정터를 만나게 된다. 거기가 제일 전망이 좋다. 잠시 쉬었다, 구비마다 다르게 펼쳐지는 경관을 즐기면서 그대로 내려가는 것도 좋고 아니면 엄마가 차를 몰고 내려가고 아빠와 함께 괴나리 봇짐 진 옛 사람들의 옛 길을 따라 내려가 보자.

여기가 진짜 대굴령이다. 대굴대굴 구른다 해서 붙여진 대관령 옛 이름이다. 서낭당, 그리고 신사임당이 어머니를 남겨 두고 서울 남편 찾아가면서 차마 발길이 떨어지지 않는 간절한 사친시(思親詩) 비에서 걸음이 멎는다. 외길 따라 내려오노라면 계곡이 점점 깊어져 하늘이 보이지 않는다. 적송이 그 위용을 뽐내고 서 있다. 올려다보노라면 숨이 멎는다. 어슬렁어슬렁 걸어 한 시간 남짓, 삼포암을 지나 대관령 박물관으로 길이 열린다.

박물관장의 안내 설명에 취한 엄마가 더듬더듬 조상의 생활 유품 이야길 들려 줄 것이다. (꼭 관장의 설명을 청해 들어야 한다) 그럴 즈음이면 새 길이 나면서 단절된 역사의 숨결이 다시 이어져 오는 흥분에 젖게 될 것이다.

새 길, 좋지. 시원스레 곧게 뚫린 4차선 도로, 편리하고 빠르다. 하지만 거기엔 길을 가는 맛도 멋도 없다. 옛길엔 옛 사람의 정한이 서려 있다. 강줄기처럼 땅 생긴 모양대로 산모퉁이 따라 굽이굽이 자연스레 열려 있다. 한국적 정취가 물씬 난다.

이렇게 아름다운 옛 길에 4차선 도로라는 폭군이 난도질을 해 댄 것

사진 강원도 정선구청

이다. 잘리고 헐리고, 옛 모습은 찾아 볼 수가 없다. 못내 아쉽다. 역사도 문화도 없는, 참으로 멋대가리 없는 길이다.

미국엔 땅덩이가 넓어서겠지. 역사적인 길, 경관이 좋은 길은 '관광로'로 그대로 보존하고 있다. 지도에 파란 길이 그것이다. 새 길을 낸다고 옛 길의 역사나 전통을 헐진 않는다.

엉뚱한 생각이지만 지금쯤 도로 공사가 없어져도 되지 않을까. 그만하면 됐다. 새 길이 나면 옛 길 따라 생긴 온갖 문화 시설이 고스란히 폐허가 되어 버린다. 환경 파괴만인가. 문화, 역사, 깡그리 망가뜨린다.

이야기가 엉뚱한 길로 들어섰다. 다시 대굴령으로 돌아와서, 재가 끝날 즈음이면 어흘리를 만난다. 어흥! 호랑이가 먹고 남긴 것만으로 먹고 살 수 있다는 넉넉한 마을이다. 어떤 노인이든 잡고 한 두 가지 이야기를 청해 듣는 것도 잊을 수 없는 맛이다. 거기서 정선 방향, 우측으로 차

86

를 몰면 왕산 폐교 뜰에 젊은 조각가 부부의 작품들을 만날 수 있다. 외국에서 온 젊은 예술가들의 야심에 찬 작품과 어울려 환상적인 예술촌이 되고 있다. 놓칠 수 없는 곳이다.

＊

그 길을 따라 산을 넘으면 정동진으로 갈 수도 있지만 어흘리에서 강릉으로 들어가는 길목의 시골장도 그냥 지나칠 순 없다. 주부가 아니라도 대관령 산나물에 침이 넘어간다. 조심할 것은 욕심이 난다고 바구니 채 떨이를 할 생각은 말아야 한다. 할매는 거기 앉아 오가는 사람구경, 팥죽도 사먹고 해야 되는데 그 낙을 앗아가겠다니, 그리고 할매가 몽땅 팔지도 않는다. 감주 장수 꼬부랑 할매는 아들이 미국 유학 중이라며 대단한 기염이다. 뒤에 3층 자기 집을 두고 노점에서 과일을 파는 할매는 맨손으로 노루를 잡은 관록이 있다. 해질녘이면 대학 교수 아들이 차를 몰고 채소 행상 노모를 모시러 온다.

여길 어찌 지나치랴. 모로 가도 서울만 가면 된다. 우린 너무 목표 지향적이다. 빨리 목적지에 가야한다는 가히 강박증적인 집착에 빠져 있다. 어딜 얼마나 빨리 가느냐가 아니다. 어떻게 가느냐다. 목적지까지 오가는 길을 어디로 할 것인지, 무엇을 보고 즐길 것인지도 함께 연구해봐야 한다. 실은 여기에 더 중점을 두고 생각해 보는 것도 여행의 맛이다. 여름 해수욕장, 어디를 가나 인파에 시달린다. 바가지나 안 쓰면 다행이다. 그게 좋다면 서둘러 가는 것도 방법이다. 하지만 그게 어디 사는 맛이랴. 더구나 휴가라는 이름으로. ■

# 도박을 권하는 사회

'우린 왜 도박에 취약한가.' 지난달 한국마사회가 주관한 도박산업 건전화를 위한 세미나에서 내가 했던 강연 제목이다. 도박의 폐해는 심각한 수준이다. 경마는 대표주자다. 강연 청탁을 받고서는 '병 주고 약 주나' 하는 생각에 좀 괘씸한 기분도 들었다. 한데 회의 분위기는 진지했다. 폐해의 심각성을 이제나마 이해하고 대책을 강구하겠다는 자세가 짐짓 놀라웠다.

흥분, 스릴, 시소, 환호…. 경마장은 뜨거운 열기로 달아오른다. 하지만 그 뒤에는 실망, 한숨, 후회…. 개인은 물론 한 가정을 파멸의 늪으로 몰아넣는 무서운 함정이 기다리고 있다.

요즘 우리 사회의 기반까지 흔드는 사회병리는 단연 중독이다. 술,

사진 동아일보

담배는 이미 세계 정상급이고 마약, 쇼핑 중독도 만만찮다. 도박은 정부가 주도하고 있다는 게 더욱 문제다. 각급 지자체들은 도박장 개설에 가히 혈안이 되고 있다. 부족한 세수를 충당하기 위해서다. 그렇게 번 돈으로 얼마나 훌륭한 사업을 하겠다는 건지. 물론 정부도 그 폐해를 알고 있다. 하지만 소수의 취약한 개인을 보호하기 위해 황금 알을 낳는 거위를 포기할 순 없다는 논리다.

한국의 도박 중독은 단연 세계 정상급이다. 세계 평균이 1~2%인데 비해 마사회 보고에 의하면 성인 인구의 9.3%, 즉 300만명이 중독 단계라고 한다. 이런 사회가 건전할 순 없다. 한국인은 문화적으로 도박 우린 전통적으로 노름에 대해 관용적이다. 긴 겨울, 농한기에 별다른 취미가 없어 모이면 술과 노름뿐이었다. 거기다 우린 주술적 심성이 강하다. 돼지꿈을 꾸면 복권을 사고 도박장으로 달려간다. '도박하면 잃는다' 는 명명백백한 사실을 인정하려 들지 않는다. 일단 발동이 걸리면 적당한 선에서 끝낼 줄 모른다. 거기다 몇 푼 잃으면 그만 쉽게 열을 받는다. 눈에 보이는 게 없고 이판사판 막간다. 이러고도 이 사람이 건재하다면 기적이다.

불행히 우리는 고급스러운 문화를 향유할 줄 아는 여유가 없었다. 무대 예술이나 미술관은 물론이고 사색, 독서, 명상과도 거리가 멀다. 즉흥적이고 즉물적이다. 짜릿한 말초신경의 흥분을 즐기는 경향이 강하다. 거기다 아름다운 가족적 전통도 한몫을 한다. 가족이 빚을 갚아 주기 때문이다. "이번만!" 하면서 계속 빠져든다. 전문가는 이를 공의존(共依存)이라 부른다. 잊지 말자. 돈 나올 구멍이 있는 한 노름은 안 끝난다. 결국 부모 형제, 처가까지 패가망신하게 된다. 내 돈 없어도 노름할 수 있는 유일한 나라다.

그뿐인가. 현대 산업사회의 빠른 템포가 우리를 초조하게 만든다. 단숨에 뭔가를 이루어야 한다. 과정이야 어떻든 목표에 집착한다. 경기가 불황일수록 도박이 기승인 이유다. 로또 열풍이 아직 식지 않은 것도 그래서다. 이 한 장으로 운명이 바뀐다는데 누가 그 유혹을 뿌리칠 수 있으랴.

"로또는 내게 남은 유일한 희망이다." 남편을 여의고 장애인 딸과 파출부 생활로 사는 아주머니의 독백이다. 월수 100만원 남짓에 매주 10

만원, 월 40만원을 로또에 기부한다. 복권은 중독성이 약하다는 정부 당국에 물어보자. 운명이 바뀐다는 희망찬 몽상에 젖어 있다가 매주 토요일 밤이면 씁쓸한 입맛을 다시며 몰래 소주잔을 기울여야 하는 이 아주머니를 말려야 하나, 그냥 둬야 하나. 800만분의 1 확률을 끈기 있게 기다려 보자고 격려를 할까, 아니면 그 돈으로 치솟는 강원랜드 주식을 사라고 권해볼까.

지자체가 다투어 도박에 뛰어드니 수도권을 중심으로 이미 50여 군데가 성업 중이다. 말싸움에서 소, 개, 닭싸움까지 등장하고 있다. 접근이 쉬울수록 중독은 늘어난다. 얼마 전 신문을 보니 점잖은 대전시도 도박판을 벌이겠다고 나선 모양이다. 시민단체들이 반대한 건 물론이다. 오죽했으면 그곳 YMCA에선 시 지원금 전액을 반납까지 했을까. 당국에 물어보자. 그래도 손쉬운 판돈 몇 푼에 충청도 양반의 자존심을 팔 생각이냐고?

크건 작건 정부는 품격이 있어야 국민이 믿고 따른다. 어쩌면 그렇게 철학이 빈곤할까. ■

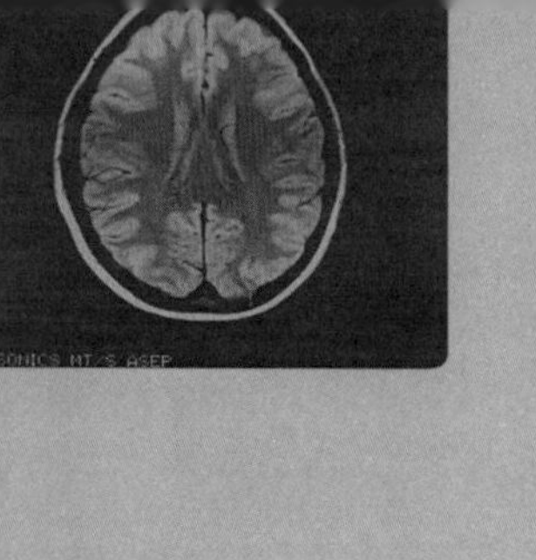

삶의 질 결정하는 '마음의 평화'

지난달 대한내과학회에서는 대단히 중요한 결정을 내렸다. 지금까지 불려 오던 성인병(成人病)을 생활습관병(生活習慣病)으로 명명한 것이다. 당뇨병 고혈압 심장병 위장병 중풍…. 심지어 암까지 여기에 포함된다. 생활이 윤택해진 현대사회에서 생긴 병들이라 현대병 부자병 문화병 중년병 스트레스병 등 다양한 이름으로 불려왔지만 이제 겨우 제자리를 찾게 된 것이다.

병마다 직접적인 원인은 다르겠지만 이들의 공통점은 잘못된 생활습관에서 비롯된다는 점이다. 즉 평소 생활을 어떻게 하느냐에 따라 병에 걸릴 수도 있고 건강할 수도 있다. 그리고 치료 역시 생활습관을 고쳐야 가능한 건 물론이다. 실제 이 병의 60% 이상은 생활스타일을 바꿈으로써 예방 및 치료가 가능하다는 게 의학계의 보고다. 가령 담배를 피우면 폐암에 걸릴 확률이 결정적으로 높아진다. 술은 간 질환을, 지방질 육류는 고혈압과 심장병을 유발한다. 적당히 운동을 해야 한다는 등 이 정도는 상식으로 다 알고 있다.

한데도 이 병은 날로 증가일로에 있으며 국민건강을 위협하고 있다. 왜 그럴까. 우선 건강상식을 알면서도 행하지는 못한다. "이러면 안 되는데"하면서도 한편으론 "이 정도야 어떠려고" 하는 유혹에 빠져든다. 물론 술 한 잔, 담배 한 대가 당장 병을 만들지는 않는다. 이 병의 특징은 만성으로 진행된다는 점이다. 소화가 안 된다고 당장 위장에 병변이 생기는 건 아니며 소화불량이라는 증상기도 아주 길다. 그러나 40대가 되면 슬슬 위장에 병변이 오기 시작하며 검사상 위염 등 이상을 발견하게 된다. 따라서 40이 넘으면 1년에 한 번 반드시 종합검진을 받아야 한다. 다른 데는 돈을 아끼더라도 여기에만은 아끼면 안 된다.

❋

우린 지금 '100세 시대'를 눈 앞에 두고 있다. 문제는 얼마나 사느냐가 아니고 어떻게 사느냐. '젊게, 아름답게, 건강하게' 살아야 한다. 지금부터는 삶의 질이다. 딱하게도 사람들은 여기에 대한 마음의 준비가 잘 안 되어 있다. 누구도 그런 장수시대를 안 겪어봤기에 실감이 안 나는 모양이다.

50대 중반이면 거의가 직장을 떠나야 하는 게 우리 사회의 현실인데도 적절한 대책을 마련하고 있지 않는 것 같다. 일이 없으면 사람은 겉늙는다. 지적(知的) 자극이나 새로운 일에 대한 도전이 없으면 우리의 뇌는 급격히 쇠퇴한다. 물론 치매도 빨리 온다. 나이 50이면 이제 '인생의 오후'가 시작된 셈이다. 오후는 오전보다 더 길고 다양하다. 내가 어떻게 살아왔으며 또 어떻게 살아갈 것인가. 이대로 가면 내 건강은, 그리고 삶은 어떻게 될 것인가도 진지하게 점검해 봐야 한다.

그리고 마지막 함정. 사람들은 생활습관하면 주로 식사와 운동을 생각한다. 하지만 그보다 어쩌면 더 중요한 건 마음의 평화다. 마음은 중추신경을 비롯해 내장의 자율신경, 호르몬 분비에 직접적인 영향을 미치기 때문이다.

가령 버럭 성을 낼 경우, 우선 공격중추가 자극되고 악질적인 노르아드레날린이 분비된다. 심장박동이 빨라지고 혈당과 혈압도 오른다. 싸울 준비를 해야 하므로 내장으로 가는 혈액을 팔다리 근육으로 보내야 한다. 위장이 작아지고 위액 분비와 위장 운동도 저하된다. 이런 상태가 자주 오면, 그리고 그게 10년, 20년 지속되다 보면 건강이 어떻게 될 것인가는 의사가 아니라도 뻔히 알 수 있다.

마음의 평화가 무엇보다 중요한 건 그래서다. 사람을 대하면 반갑게 인사하고, 정직하고 즐거운 마음으로 일하고, 하찮은 일에도 감사하고, 저녁노을에도 눈물겹도록 감동하고….

이러한 순간 뇌 속에 엔도르핀이 많이 분비된다. 중추신경을 밝고 기분 좋은 무드로 만들어 그 영향이 온몸에 퍼진다. 악질적 스트레스로 상처받은 장기에 단비처럼 작용해 참으로 신비스러운 치유효과를 발휘한다.

이젠 마음이다. 그게 건강의 비결이요 삶의 질을 높여 준다. 응급실에 실려오기 전에 마음을 바꿔야 한다. 건강엔 설마가 없다. 미련떨지 말자. ■

혜양엘리시움
ART PLAZA
원바디

청년 실업은 축복이다

"이 선생, 걱정 마시오. 한국은 다시 일어납니다. 오히려 절호의 기회가 온 겁니다. 부실한 기업이 정리되고, 대기업만 바라보던 젊은이들이 다양한 방향으로 진출하게 됩니다. 그들의 겁 없는 도전과 역동성이 한국을 새로운 모습으로 바꾸어 놓을 겁니다. 축하합니다." 지난 번 경제 위기 때, 늘어진 내 어깨를 두들기며 와다(和田) 교수가 한 말이다. 우리 연구소 해외 자문 교수인 그는 일본 사회 정신 병리를 예리하게 분석하는 것으로 유명하다. 해마다 여름이면 한 부대를 이끌고 한국에 쇼핑을 다녀간다. 처음엔 인사동을 좋아하더니 요즈음은 쯧쯧, 고개를 흔든다. 그가 즐겨 찾는 곳은 동대문이다. 아주 감탄을 한다.

이 거대한 쇼핑몰이 24시간 돌아가다니, 많은 가게 주인 젊은 부부가

학사 출신에 4개 국어를 한다. 세계의 패션 정보를 꿰뚫어 보고 끊임없이 새 상품을 내 놓는다. 27,000개 점포에 신상품이 하루에 4,000개가 나온다. 값도 싸고 빠르고, 고객 취향대로 맞춤 서비스를 한다.

"이 선생, 이 지구상에 이런 곳을 본 적이 있나요? 누가 여길 따라 갈 수 있겠습니까?" 양손 가득, 쇼핑백을 들어 보이며 의아해하는 나를 쳐다본다.

동대문이 재래시장에서 오늘의 첨단 패션몰로 본격적인 변신, 도약을 할 수 있었던 건 '젊은 브레인'이 대거 밀려들었기 때문이다. "축복이지요. 경제 위기 때 갈 곳 없는 젊은이들이 모여 든 것입니다. 그들의 지적 창의성과 과감한 도전이 오늘의 동대문 타운을 만든 겁니다."

우리가 경제 위기를 겪으면서 가장 가슴이 아팠던 건 청년 실업이었다. 희망에 부풀어 대학 문을 나서지만 기업의 취업문은 굳게 닫혀 있다. 구조조정으로 쫓겨 난 선배, 계속 대학에서 쏟아져 나오는 후배, 이

러다간 유성(流星)처럼 아주 사라져 가는 건 아닌가. 참으로 암담한 심경이었다.

✖

하지만 우리 젊은이는 그대로 주저앉지 않았다. 닫힌 기업만 바라보고 있을 게 아니다. 취업이 안 되면 스스로 해 볼 수밖에 없다.

소규모 벤처 사업이 폭발적으로 생겨난 데에는 이러한 시대적 배경이 있었던 것이다. IT산업은 이제 세계 첨단을 지향하고 있다. 테헤란 밸리는 젊은이에겐 꿈과 희망의 상징으로 부상했다. 그리고 이것이 침체된 우리 산업에 신선한 기운을 불어 넣고 있다.

여기만이 아니다. 젊은 인재들은 다양한 분야로 진출해 나가고 있다. 패션몰만인가. 식당 산업에도 젊은 브레인이 몰려들면서 완전히 달라졌다. 내용에서 장식, 경영에 이르기까지 아주 세련되었다. 세계 누구 앞에 내 놓아도 자랑스럽다. 김치며, 비빔밥이 세계인의 식탁에 오르고 있다.

"분위기 좋은 카페에서 커피 한 잔을 마셔도 기분이 좋습니다. 물론 맛도 좋고, 이게 문화입니다." 디자이너 이명희는 문화를 이렇게 쉽게 정의했다. 그렇다. 이들 젊은이는 이제 문화란 걸 우리 생활 속에 자연스럽게 끌어 들인 화려한 세대다.

영화, 음악, 무용, 전통적인 문화 산업에도 가히 혁명적인 붐을 일으키고 있다. 동남아를 휩쓸던 한류 열풍은 이제 세계를 향해 무섭게 뻗어 가고 있다. 우리의 대중문화가 세계로 수출된건 역사상 처음이다. 세계를 감동케 한 월드컵의 붉은 열풍도 겨우 10명 안팎의 30대 초반들의 기발한 아이디어와 열정으로 만들어낸 기막힌 작품이다.

그런가하면 참으로 절묘한 틈새시장을 파고들어 그 기막힌 아이디어로 사람들을 놀라게 한다. 이렇게 해서 대기업 일변도의 우리 사회 산업 부문에도 균형이 잡혀 가고 있다. 축구 스타만이 아니다. 유학, 이민, 취업, 연수……. 겁도 없이 해외로 달려가고 있다.

※

이 모든 분야의 본격적인 변화가 불과 요 몇 년 사이에 일어 난 것이다. 그리고 한국의 부모 세대가 이들 젊은이의 소규모 창업을 지원할 수 있을 만큼의 여유가 생긴 것도 참으로 다행이요 축복이다.

막상 당했을 땐 앞이 캄캄했지만 우리가 겪은 그 위기는 또 하나의 기회요 축복이었다. 우리의 고도성장은 거품이었다. 부실한 기초에 고층 빌딩이 올라간 것이다. 더 치명상을 입기 전 적절한 시기에 잘 무너졌다. 회복할 수 있을 만큼의 여유가 있을 때 무너진 것이다. 덕분에 부실기업 정리도 되었다. 기초를 확실히, 모든 걸 원칙대로 해야 한다는 뼈아픈 교훈도 얻었다. 이젠 기업도 세계를 향해 문을 열게 되었다.

그리고 무엇보다 큰 축복은 우리 젊은이들의 의식을 송두리째 바꾸어 놓았다는 점이다. 명문대를 나와 대기업 입사만이 출세의 길이라는 경직된 사고에서 벗어나게 한 것이다.

요즈음도 신문 지상에 상대적으로 높은 청년 실업을 걱정하는 소리가 많다. 당장엔 괴롭다. 하지만 잘 보면 길은 얼마든지 있다. 그리고 '궁측통', 정말 답답하고 궁해야 잘 보이게 마련이다. 냉정히 따져보면 대기업 말단 사원만큼 따분한 일도 없다. 창의성이나 도전, 자율을 시험해 볼 기회가 없기 때문이다. 청년 실업은 축복이다. ■

알리의 '하얀 눈물'

내가 알리를 처음 만난 건 외과 병동에서다. 낮 동안은 조용히 지내다가도 밤이면 깁스를 풀고 집으로 가겠다고 생떼를 쓰는 통에 간호가 안 된다는 것이다. 자칫 수술한 다리를 못 쓰게 될지도 모르는데 그의 고집을 꺾을 수가 없다. 밥도 안 먹고 잠도 자지 않고 밤이면 초조한 나머지 거의 제 정신이 아닌 것 같다는 게 간호사의 보고다.

깁스한 다리를 천장에 달아 맨 채 그는 조용히 누워있었다. 말도 안 통하는 환자들 틈에 끼여 그 큰 눈만 껌뻑이고 있었다. "알리, 힘들지? 아플 적엔 고향 생각도 더 날 텐데……." 그의 손을 만지며 다가서는 나에게 와락 안길 듯이, 눈을 번쩍 뜬다. 그리곤 다음 순간, 그 큰 눈에 눈물이 비 오듯 하더니, 드디어 엉엉 소리 내어 울기 시작한다.

스물한 살, 앳된 얼굴이다. 이나마 벌이라고, 먼 이국땅에서, 다리마저 다쳤으니 앞이 캄캄 할 것이다. 아픈 건 물론이고 서럽고 외로운 것도 다음이다. 당장의 입원비 걱정, 거기다 자칫 불법 체류가 드러나 쫓겨 날 수도 있는 절박한 상황이다. 당장에라도 병원을 뛰쳐나갈 수밖에 없는 그 딱한 심경이 이해가 간다.

※

더욱 딱한 건 내가 해 줄 수 있는 일이 크게 없었다는 사실이다. 우선 치료비는 작업 중 공상이니까 회사에서 물 것이라고 안심을 시켰다. "그래서 더 걱정입니다." 겨우 진정이 된 눈에 또 눈물을 글썽거렸다. "그래서 걱정이라니?" 난 그 말뜻이 얼른 이해가 되지 않았다. "요즈음 우리 사장님 돈이 없어요. 외국 직원 월급은 나오지만 한국 동료들은 그런 것 같지도 않아요." 난 알리의 얼굴을 한참 내려다 봤다. 그의 표정은 진지했다. 처음엔 내 귀를 의심했다. 직원이, 더구나 외국 근로자가 사장 돈 걱정을 하다니? 이제 난 그 사장의 인품이 궁금했다. 종업원을 어떻게 대했으면 이러한 인간애가 피어 날 수 있을까? 그간 우리는 외국인 근로자에 대한 착취, 협박, 심지어 폭행까지 하는 기사를 얼마나 많이 접해 왔던가. 반인륜적인 이들 악덕 기업주에 대한 분노에 치를 떨어 왔던 게 어디 한 두 번이던가. 그런 참에 알리의 이야기는 정말이지 내겐 신선한 충격으로 다가왔다.

우린 그날 이후 시간 날 적마다 많은 이야기를 나누었다.

알리는 지금 일하는 기와 공장 기숙사를 '파키스탄 홈'으로 불렀다. 십여 년 전 우연히 자기 선배들이 일하게 된 이래 지금껏 파키스탄 사람

들이 대를 잇고 있다는 것. 비록 외딴 곳, 흙 일이 힘들긴 하지만 젊은 사장 내외의 인간적 대우에 반하게 되었다는 것이다. 형제도 그렇게 따뜻이 대해 줄 순 없다는 게 알리의 주장이다. 아주 한 집안 식구다. 사장내외도 나란히 살지만 안방까지 열려 있다. 이곳을 다녀간 선배들이 보내 온 선물, 편지만 보아도 여기선 향수병에 걸릴 걱정이 없다. 회사가 아무리 어려워도 외국 근로자부터 걱정해 주는 젊은 사장 내외의 진심이 이들을 감동시키고 있는 것이다. 생각만으로 흐뭇한 정경이다.

알리도 그 전에 일했던 가죽 공장에서 꽤 힘이 들었었던지 그냥 고개만 흔들었다.

그래 알리, 세상엔 어딜 가나 나쁜 사람도 있고 생각이 모자라는 사람도 있단다. 파키스탄 홈처럼 돌아가서도 제 2의 고향처럼 생각한다면 한국이란 나라를 얼마나 자랑스럽게, 고맙게 생각하겠어. 한국 PR맨이 되어 두 나라 사이에 인정가교를 이어주는 외교 사절이 될 수도 있을 텐데. 딱하게도 그걸 오히려 철저한 혐한, 반한 인사로 만들어 돌려보내다니! 월급도 떼먹고, 세상에 그게 어떤 돈인데. 오죽하면 이런 악질 회사를 감시 고발하는 NGO가 생겨났을까.

"알리, 이번 아시안 게임에 너희 나라 선수가 온 걸 보면서 문득 네 생각이 났다. 절름거리며 퇴원하던 뒷모습이 아직도 눈에 선하다. 이젠 다리는 완쾌되었겠지. 몸조심해, 그리고 이젠 더 울지 마. 누구에게나 서러운 과거는 있는 법이란다. 우리도 한때 서독 광부로 간 적이 있었지. 당시 우리 대통령이 그 곳을 방문, 이들을 격려하는 자리에서 "미안하다"는 한 마디를 하고 그 이상 목이 메여 말을 잊지 못하자 장내는 온통 눈물바다가 되었었지. 그 정경에 감동한 그곳 수상이 거액의 차관을 제공, 오늘의 한국이 있게 한 밑거름이 되었었지. 알리, 단 돈 1달러로 하루를 버텨 나갔던 미국 생활에도 우린 결코 서러워하진 않았단다.

알리, 힘내, 아시안 게임 응원도 해야지. 너희네는 하키가 세지. 어쩌면 결승에서 한국과 만날지도 몰라. 그래도 난 파키스탄을 응원할 거야. 알리, 너를 위해. 진심에서의 감사와 따뜻한 사랑을 담아. 그리고 엔젠가는 찾아 올 너의 그 영광의 날을 위해, 기도하는 마음으로 응원할 거야.

알리, 너를 위해! 너를 위해!" ■

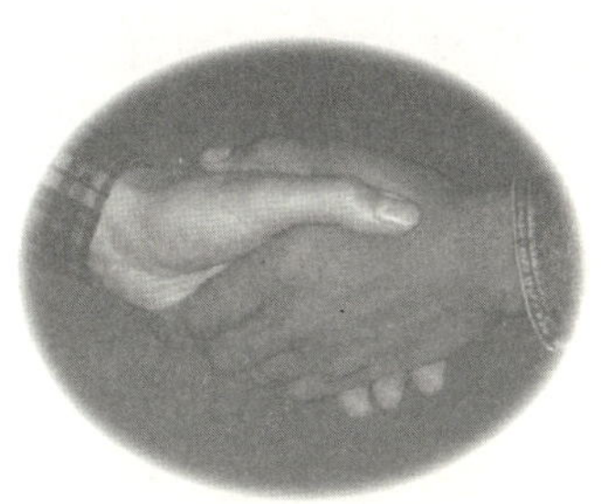

아우슈비츠의 조약돌

해질녘이어서 더욱 그랬을 것이다. 음침한 공기가 우리 가슴을 무겁게 짓누르고 있었다. 수백만의 원혼이 서성이는 여기 아우슈비츠엔, 그러나 아무 소리도 들리지 않았다. 안경, 가방, 구두, 머리카락……. 방마다 가득한 그들의 유품들이 차라리 텅 빈 가스실보다 더 아픈 충격이었다. 가스실에 밀려들어 가지 않더라도 평균 2개월도 못 넘긴다는 이 곳 참상은, 살아있는 인간으로선 상상을 초월한다.

일행이 수용소의 이곳저곳을 기웃거리는 동안 나는 한 위대한 인간을 줄곧 생각하고 있었다. 내겐 정신의학의 큰 스승이기도 하고 무엇보다 그는 인간 승리의 표본이다.

빅타 프랑클. 그 생지옥에서 살아 나온 사람이다. 정확히 2년 7개월,

그것도 정신적으로 신체적으로 건강한 상태로 생환해 나온 기적의 인물이다.

어떻게 거기서? 누구나 갖게 되는 의문이다. 하지만 그의 생존 비결은 의외로 단순하다. 얼른 생각에, 그런 최악의 조건에서 생존하기 위해선 강인한 체력과 의지력이 있어야 할 것 같지만 그것만은 아니다. 오히려 부드러운 가슴이 있어야 한다. 즉, '감동, 감사, 그리고 나눔'의 심성이 있어야 꺼져 가는 삶에 생기를 불어 넣어 준다는 것이다.

그러면 사람들은 또 묻는다. 그 생지옥에서 무슨 그럴 일이? 프랑클은 조용히 입을 연다. 많더라는 것이다. 아침에 눈을 뜨면 살아 있다는 실감, 이보다 더한 감동이 그리고 감사가 또 있을까? 오늘도 해가 뜨고, 질식할 것 같은 방에 한 줄기 바람에도 고마워할 줄 아는 사람, 동료의 시체를 묻을 구덩이를 파면서 문득 바라 본 서쪽 하늘에 낙조, "아! 저길 좀 봐!" 옆 자리 동료도 삽질을 멈추고 "아! 정말 아름다운 낙조로군" 함께 감동할 줄 아는 사람, 비 온 후 길에 고인 물에 비친 마른 나뭇가지, 한 폭의 풍경화를 바라보듯 취할 줄 아는 사람, 한밤 중 아득히 들려오는 아코디언 소리에 벽에다 귀를 댄 체 잠을 설치는 사람, 길에서 주운 예쁜 조약돌에 감동하고 감사하고, 이를 고이 가슴에 품고 닦아 몸이 불편한 동료에게 건네 줄 수 있는 사람…….

끝이 없다. 그러나 이 모든 게 참으로 하찮은 것들이다. 하지만 그런 하찮은 것들에도 감동하고 감사하는 마음이 우러난다는 게 중요하다. 그리고 그런 마음을 동료들과 함께 나눌 수 있는 여유, 이런 여린 감성이 그 생지옥에서 살아남게 한 삶의 원천이 되어준 것이다.

❋

프랑클은 거기다 매일 유머 한 가지를 만들어 동료들과 나누었다. 사람들은 힘없이 피식 웃는다. 하지만 그게 인간의 마음을 한결 풍요롭게 만든다는 걸 그는 알고 있다. 어쩌면 이게 진정한 유머인지도 모른다.

밤의 어둠을 지켜 본 사람만이 아침의 밝은 태양에 감동한다. 온 종일 작열하는 태양 아래 시달려 본 사람만이 밤이 주는 부드러움에 감사한다. 우리도 전쟁의 폐허에서 허덕일 적엔 살아 있다는 강한 실감을 느낄 수 있었다. 멀건 죽 한 그릇에도 눈물겹도록 고마웠다. 행인지 불행인지 이제야 모든 게 풍요롭고 평화로운 시대에 접어들면서 우린 이상하리만큼 감성이 무뎌진 것 같다. 웬만한 일에 감동할 줄 모른다. 있는 게 당연한 세상이라 감사할 줄도 모른다. 워낙 자기 일에만 넋이 빠져 이웃도 안중에 없다.

확실히 살긴 좋아 졌는데도 사람들은 더 힘들고 어려워졌다고 늘 불평이다. 하지만 잘 생각해보자. 정말 세상이 힘들게 된 건지, 아니면 우

❊

수용소를 빠져 나와 버스에 올랐을 적엔, 끝없는 평원에 펼쳐진 낙조에 넋을 잃었다. 어둡던 마음이 한결 밝아졌다. 내가 거기서 주어온 조약돌에 얽힌 사연을 이야기하고, 이를 일행에게 차례로 돌렸다. 사람마다 포근히 가슴에 안고 눈을 감은 채 행복해 하는 모습이 무척 인상적이었다.

이 조약돌엔 수많은 사람의 슬픔과 함께 따뜻한 마음이 새겨져 있다. 소중히 갖고 돌아와 '나눔 문화' 김진주 소장에게 맡겼다. 어렵고 힘든 사람에게 희망과 용기를 나누어 주는 징표로서. 그리곤 언젠가는 다시 아우슈비츠로 돌려 줄 것이다. 감사의 편지와 함께. 그날이 빨리 와야 할 텐데! 하지만 이런 간절한 소망과는 달리 공교롭게도 올 여름, 우린 유례없는 자연 재앙을 잇달아 맞고 있다. 진흙 속에 묻힌 삶의 터전, 참담하고 허탈한 심경뿐이다. 하지만 좌절은 말자. 우린 어떤 역경도 잘 이겨 낸 여유와 관록이 있다. 눈물로, 인내로, 그리고 때론 허허로운 너털웃음으로.

그리고 우리에겐 아픔을 함께 할 줄 아는 따뜻한 이웃들도 아직은 많지 않은가. ■

 당신의 문화지수는 얼마입니까?

10월 초순인데 모스크바에는 눈이 내리고 있었다. 질퍽한 거리를 거닐면서도 그러나 우린 흥분에 들떠 있었다. 차이코프스키 음악 홀 입장권을 용케 살 수 있었기 때문이다. 로비에 들어서니 양쪽 벽엔 이 곳을 거쳐 간 세계적 거장들의 공연 사진이 화려하게 붙어 있다. 아쉽게도 한국 출신은 보이지 않는다. 이 무대에 한번 서는 것만으로도 음악인으로선 최상의 영광이라지만 막상 내부 모습은 소박했다. 나무 의자에 쿠션도 딱딱하다. 하지만 가벼운 실망은 잠시, 막상 무대가 열리자 그만 넋을 잃게 된다. 그날 공연은 무용이었는데 한 마디로 대단했다. 전통 무용에 발레의 우아함과 기계 체조 같은 역동성이 가미된 내용이었다. 거기다 샤머니즘의 강신무까지, 무대는 잠시 틈을 두지 않고 이어져 갔다.

동네 처녀 총각들의 수줍은 만남을 주제로 한 군무는 압권이었다. 발랄하고 귀엽고 낭만적이면서 삶의 기쁨이 충만한 '젊은 날의 환희'에 관객들은 숨을 멈추게 된다.

"저러니 보러 오게 되지" 공연장을 나서면서 우린 그렇게 투덜거렸다. 함박눈을 맞으며 거닐은 낙엽 진 모스크바 거리에서 우린 밤새 참으로 행복한 여운에 젖었다. 저녁은 굶어도 공연장을 찾는다는 그 곳 사람들의 심성이 무척이나 부러웠다. 그래서들 이 혹독한 동토에서도 넉넉한 삶을 이어가는 구나. 공연장에 사람이 그렇게 많이 몰리니 테러의 표적이 되는 아이러니도 겪게 되긴 하지만.

❊

지난 여름 우리가 둘러 본 소위 구 동구권의 화려한 문화는 가히 충격이었다. 부다페스트엔 50개가 넘는 박물관, 미술관이 있어 초등학교 때 순례를 마치고 고등학교를 마칠 즈음이면 나름의 작품 해석이 가능하다고 한다. 그날 밤 공연되는 클래식 음악이 28개소. 국제적 규모의 음악제가 2개나 동시에 열리고 있었다. 인구 120만의 도시에. 프라하에서도 우린 차마 발을 옮겨 놓을 수가 없었다. 오늘밤은 여기 이대로! 벌렁 드러누워 버린 그 아름다운 골목이 지금도 눈에 선하다.

모스코 역시 도시 전체가 예술 작품이었다. 저게 무슨 건물이냐고 물을 적마다 안내원은 그냥 아파트라고 대답했다. 미술관, 박물관 쯤 되는 줄 알았는데. 웅장하고 화려한 스타린 빌딩은 우선 그 외관에서 사람을 압도한다. 7개중 하나는 예술인, 또 하나는 문화인 전용이다. 감이 옵니까? 대체 이들의 문화 지수는 얼마일까?

지난 주 우리 문화 정책 개발원에서 각 지역 문화지수가 공개되었다. 서울이 예상대로 수위권이고 예향 광주, 돈 많은 울산이 항목별 수위를 차지했다. 그 고장 시민들은 우쭐한 기분으로 살아도 된다는 뜻인지, 나로선 도대체 그 연구 보고서의 의미를 알 수 없다. 모든 신문이 박스 기사로 짤막하게 혹은 상세히 보도를 했지만 그 흔한 국제간 비교나 심층 해설이 없다. 공연장, 박물관, 관람이 2년에 한번, 대중음악은 3년에 한 번도 안 된다. 깜짝 놀람직도 한데 어느 신문에고 논설 한 편 쓴 곳이 없다. 정부의 문화 정책에 대한 앞으로의 구상도 실림직한데 그런 흔적도 물론 없다. 그래도 모든 언론 매체는 아주 태연히, 부끄럽지도 않은지 이를 그대로 싣고 있다.

해외에서 성공한 우리 교포들이 그 만큼의 존경과 대접을 못 받는 건 문화 지수가 낮기 때문이다. 신흥 졸부 근성으로 꼬집히는 것도 그래서다.

돈만 있다고 부자가 아니다. 불란서에서의 부자의 기준도 문화 의식에 큰 비중을 두고 있다. 예술, 문화계 인사와 친교가 있느냐, 정기적인 전시회 관람, 음악, 연극, 무용, 오페라 등 공연 월 1회 이상, 미술 작품, 골동품 구입, NGO, 국제기구 등에 기부를 하느냐 등의 항목이 부자의 기준이다.

문화는 이제 사치도 장식도 아니다. 문화 없는 상품은 팔리지도 않는다. 이제 문화는 생존 경쟁, 그 자체이다.

당신의 문화 지수는 얼마입니까? 하긴 공연장에 가는 것만으로 문화인이 아니다. 마치고 난 후 출연진, 제작진의 누군가를 초대, 모퉁이 카페에서 뒷이야기도 청해 들어보라. 생활에 윤기가 돌 것이다. 내 삶의 품격이 한 차원 높아진다. 문화 예술인을 사귀려면 돈은 좀 든다. 다른 데 아끼고 여기엔 써야 한다. 공짜표, 이 치사한 것 바라지도 말고, 설령 생겨도 돈 내고 들어가라. 전시장에 가서 작품도 사고, 그게 고사 직전의 우리 문화 예술을 살리는 길이다. '볼 게 있어야지' 이런 불평을 하는 사람이면 더욱 격려, 지원해야 한다.

문화가 살아야 나라의 품격이 올라간다. 그리고 그게 경쟁력이다. ■

 # 히딩크 열풍을 분석한다

그건 기적이었다. 세계 4강, 누구도 상상조차 하지 못한 기적이었다. 그 기적을 일구어 낸 히딩크, 이제 우리 사회에서 그는 단순한 축구 감독이 아니다. 사회 모든 분야에 엄청난 충격을 주고 있기 때문이다. 어떻게 그런 기적을 이루어 낼 수 있었을까. 도대체 그 비결이 무엇일까. 우리로선 당연히 풀어야 할 의문들이다. 히딩크 열풍은 한국의 현실 사회를 감안할 때 너무나 당연하다. 정치, 경제만이 아니다. 사회 모든 분야에 그 파장이 미치고 있다. 히딩크 연구팀도 만들어 지고 있다.

하지만 흥분을 가라앉히고 냉정히 따져보자. 히딩크 연구를 할 게 뭐가 있단 말인가. 그가 남긴 교훈은 딱 한 가지, 원칙대로 한다는 것. 이것 뿐이다. 그래, 우리가 원칙을 몰라 못했단 말인가. 우리도 진작부터 알고 있었

다. 다만 우린 알고도 못했고 그는 원칙대로 했다는 사실이다. 이 건 하고 못하고의 차이일 뿐 알고 모르고가 아니다. 아주 간단하다. 하지만 이 차이는 엄청나다. 무엇이 우리로 하여금 알고도 못하게 하는지 이걸 연구해야 한다. 그는 선수 선발에서부터 원칙대로 했다. 학연, 지연 다 제쳐두고 오직 능력 위주로 뽑았다. 우린 지금도 박지성 선수의 골세레머니를 감동적으로 기억하고 있다. 강호 포르투갈을 격침시킨 그 예술적인 골, 입에다 손을 대고 쉿, 그리곤 감독에게 달려가 마치 어린애처럼 가슴에 안겼다. 많은 사람의 가슴을 찡하게 만든 감동적인 장면이었다. 왜 그런 제스처를 했느냐는 질문에 그는 그냥 그렇게 했다는 것이다. 하지만 내 해석은 그게 그냥 그렇게 된 게 아니다. "쉿! 아무 소리 마라. 지금의 이 순간을 만들어 준 건 오직 하나 히딩크 선생이다" 이런 기분이 잠재적으로 있었던 것이리라. 무명에서 세계적 스타로 길러주신 스승의 은혜를 그는 그렇게 표현한 것이다. 그때까진 우리에겐 생소한 이름, 박지성. 히딩크가 아니었어도 그가 대표 선수로 발탁될 수 있었을까. 그리고 그 감동적인 장면을 볼 수 있었을까. 이 선수를 넣어라, 저 선수는 안 된다. 오죽하면 이런 잡음들이 국민의 귀에까지 들렸을까. 이래서야 감독이 베스트 멤버를 뽑을 순 없는 일 아닌가.

능력 위주, 이 보다 공정하고 엄격한 룰이 또 어디 있을까. 히딩크는 그 원칙대로 했을 뿐이다.

그가 지킨 또 하나의 원칙은 기본 체력과 기본기. 누가 뭐래도 그는 여기에 충실했다. 시간이 걸려도 그는 참고 기다렸다. 그러느라 지난 봄 프랑스와의 평가전에서 0 : 5. 참패를 당했다. 한국의 성급한 입방아들이 조용할 리 없다. 감독 교체설도 물론 나왔다. 그가 한국인이었다면 그때 이미 쫓겨났다. 그게 한국이다.

차범근 감독을 기억할 것이다. 월드컵 참패를 당하자 어차피 결판이 난 마지막 한 게임을 앞두고 쫓아 내버렸다. 그러지 않으면 안 될 절박한 사연이 있었는지 우리로선 모른다. 설령 그랬기로서니 세계적 스타를 그렇게 대접해선 안 된다. 그는 몇 안 되는 세계적 인물이다. 유럽은 그를 키워 준 무대다. 더구나 세계 축구 제전이 열리는 마당에서 그를 쫓아내다니, 혼자 공항으로 돌아오는 쓸쓸한 뒷모습에서 우린 진작 한국을 읽어야 했었다.

이 꼴 안 당하려면 기본기는 뒷전, 그때 필요한 잔재주를 가르쳐 코앞의 경기부터 치러야 한다. 이건 비단 축구만이 아니다. 우리 스포츠 전반에 걸친 고질적인 병폐다. 해서 청소년 대회는 제법 국제무대에서 두각을 들어내지만 불행히 그게 끝이다. 더 크게 성장할 바탕을 길러 두지 않았기 때문이다.

※

다음이 그의 과학적 분석이다. 우리 선수 개개인의 컨디션, 기본기만이 아니다. 상대팀의 작전까지 모든 첨단 장비를 동원, 정밀 분석했다. 그러기에 그는 결정적 순간에 과감한 용병술을 쓸 수 있었다. 그리고 그 작전은 성공했다. 사람들은 이를 그의 승부사 기질로 평가하지만 이 역시 현대 스포츠의 기본 중 기본이다. 주먹구구식으로 적당히 감으로 하는 시대는 이미 지났다.

한국식 축구라는 말도 등장했다. 어설픈 모방이 아닌 한국 선수의 체질에 맞는 전술을 개발해냈다. 서구의 힘과 스피드, 남미의 유연한 세기. 이걸 이기자면 '벌떼 작전' 뿐이다. 1대1로 부족하니까 몇 사람이 에워싸는 작전이다. 그러기 위해선 모든 선수가 공수 가릴 것 없이 어느 포지션에서든지 뛸 수 있는 전천후 요격기가 되어야 한다. 그리고 부지런히 뛰어야 한다. 이 작전은 탁월한 성과를 거두었다.

하지만 이 작전 역시 이미 박종환 감독이 세계 청소년 대회 4강 신화를 이룩하면서 선보인 낯익은 것이다. 그는 이 작전으로 우리도 그리고 세계를 놀라게 했다. 우리에게 가장 적합한 작전 수립, 이 역시 감독으로서의 기본 전략이다. 하지만 박 감독이 대표팀을 맡더니 그만 그 특유의 색깔은 사라지고 한국식 잡탕이 되어 버렸다. 그가 왜 감독으로서의 기본을 지키지 못하게 되었을까? 연구를 하려면 이걸 연구해야 한다.

연이은 강팀과의 평가전을 통해 실패를 분석하고 과학적인 대처를 하게 했다. 세계 최강 프랑스와 두 번 평가전을 치른 건 그의 훈련 과정의 백미였다. 1차전 0 : 5. 그리고 본선을 바로 코앞에 두고 치른 2차전에서 전혀 기죽지 않고 당당히 싸워 대등한 경기를 펼칠 수 있었다.

여기가 분수령, 우리 선수들은 서양 콤플렉스를 확실히 벗어 날 수 있었다. 우리도 할 수 있다는 자신감이 생긴 것이다.

모든 운동이 그러하지만 특히 축구는 몸과 몸이 부딪치는, 격렬하면서 순발력을 요구하는 것이어서 자신감이 없으면 감히 대들 엄두가 안 난다. 상대를 현혹시킬 페인팅 모션도 나오지 않는다. 잔뜩 얼어 몸이 굳어 있는데 될 리도 없거니와 어디라고 감히? 아예 해 볼 엄두도 못 낸다.

히딩크의 치밀한 훈련 전략이 대표 선수들에게 자신감을 불어 넣었고 벌떼 작전만이 이길 수 있는 길임을 증명해 보였다. 이 작전이 성공하려면 강력한 팀 스피릿, 부지런히 뛰고, 몸을 사리지 않는선수들의 투지가 뒷받침 되어야 한다. 우리 대표팀의 컬러 그대로다. 이것이야 말로 리더의 카리스마와 훈련 과정의 절묘한 조화로 이루어낸 값진 개가였다.

4강전 서독에 패한 순간. 운동장엔 순간 정적이 흘렀다. "우리가 지다니?" 사람들은 믿기지 않는 듯 모두 넋이 나갔다. 그러길 한참, 이윽고 박수가 터져 나오기 시작했다. 하지만 그건 승리의 환호와는 톤이 달랐다. 그만하면 잘했다는 격려와 위로의 박수였다.

선수들 심경이야 더욱 착잡했겠지. 막내 이천수는 그라운드에 펄썩 주저앉았다. 황선홍 선배가 그의 어깨를 두드리며 일으켜 세웠다. 이천수가 황 선배 가슴에 얼굴을 파묻었다. 어린 동생이 얼마나 상처를 받았을까. 황 선배가 조용히 감싸 안았다. 참으로 감동적인 장면이었다. 경쟁하면서도 서로 아끼고 사랑하는 훈훈한 인간애, 이게 우리 대표팀의 강인한 정신의 원동력이었다.

팀의 이런 분위기를 만들어 낸 히딩크의 인간적 매력은 참으로 대단했다. 하지만 이 역시 리더로서 갖추어야 할 기본이다. 그럴 정도의 인간적 자질이 없어서야 어느 분야이던 리더로서의 자격은 없다.

히딩크의 리더십이 빛나는 건 상대적으로 우리에게 그런 리더가 없었다는 반증이다. 우리 사회는 오랜 세월 리더십 빈곤증에 허덕이고 있었다. 거의 모든 분야에 걸쳐 많은 우리 지도자들은 혹평하자면 썩어 있다. 원칙을 지키지 않기 때문이다.

특히 정치 지도자들의 부정부패, 지연, 학연, 떡 값이니 어쩌니 이제 국민들은 신물이 났다. 희망 대신 좌절과 실망, 기쁨 대신 냉소와 증오심만

심어 놓았다.

이런 한국적 상황에 혜성같이 나타난 지도자 히딩크, 기적의 사나이 히딩크, 경영자로서 혹은 부모상으로 그리고 진정한 프로로서 어느 날 우리 앞에 홀연히 나타난 것이다. 난세에 영웅이 난다더니 히딩크의 위대한 탄생은 한국의 시대적 상황이 만들어 낸 것이다.

워낙 우리 지도자들이 썩었기 때문이다. 누구도 원칙을 지키지 않기 때문이다. 원칙대로 하는 지도자, 이 보다 더 간단한 비결도 없다. 이게 정상으로 가는 가장 확실하고 빠른 길이다.

히딩크는 이걸 알고 실천한 것이다. 이게 우리와의 차이다. 우리가 부끄러이 여겨야 할 것은 알고도 못한 어리석음이다. 우리가 배워야 할 교훈은 기본을 지켜 실천하는 일이다. 그게 세계로 통하는 길이다.

이번에 우린 이걸 실증한 것이다. 그가 자기 소신대로, 원칙대로 밀고 나갈 수 있었던 건 우리 축구계 지도자들의 강력한 비호가 있었기에 가능했다. 이 역시 놀라운 일이다. 전에 볼 수 없었던 새로운 모습이다. 히딩크 하는 일에 어찌 불만이 없었으랴. 걱정도 되었겠지. 하지만 끝까지 믿고 기다려 준 축구계 지도자의 인내심이 존경스럽다.

따지고 보면 히딩크는 운이 좋은 사람이다. 우리 선수들의 숨은 자질, 투철한 애국심, 그리고 축구계의 강력한 지원, 방패막이, 거기다 한국 사회의 리더십 빈곤. 이게 오늘의 히딩크를 만든 중요한 요인들이다. 그리고 게임이 진행 될수록 폭발적인 국민의 성원도 큰 몫을 했다.

거기다 승운도 뒤따랐다. 도저히 믿기지 않는 상황에서 마지막 수분을 남기고 터진 골이 한 둘 아니다. 피를 말린 승부차기, 다섯 골, 모두를 성공시킨다는 것도 실력만큼 운이 따른 것이다.

하긴 우리도 국운이 좋았다. 히딩크를 만난 것도 그리고 게임 운까지, 하늘이 우리를 도운 것이다.

※

이제 히딩크는 떠났다. 아쉬움을 뒤로 하고 그는 미련 없이 훌훌 떨치고 떠났다. 이 역시 큰 리더답다. 그는 떠날 때를 아는 사람이다. 3김으로 상징되는 우리 정치 지도자들, 아직도 미적거리는 모습과는 너무나 대조적이다. 히딩크를 보고 배워야 할 사람들은 정녕 이들이다. 물론 우리 모두는 가슴에 손을 얹고 자성해 봐야 한다. 히딩크가 왜 우리 사회에 영웅이 되었는지. ■

# '애플데이'를 기다리며

김군의 등교 거부 선언은 부모에겐 충격이었다. 착하고 공부도 잘 하는 아이였기에 더욱 그랬다. 학교 갈 재미가 없다는 게 이유의 전부다. 문제의 발단은 참으로 사소한 일에서 비롯됐다. 짝꿍이 돈 천원을 빌려 달라는 데 그러질 못한 것이다. 정말 돈이 없었다. 너무 미안했다. 짝꿍이 오해나 않을까 두렵기도 했다. 한데, 그의 걱정은 현실로 나타나는 것 같다. 그 이후 둘 사이가 서먹하게 되었다. 반 아이들도 노랭이라고 흉을 보는 것 같다. 인사도 잘 안 받고 모두들 경멸하는 눈으로 자기를 바라본다. 하지만 그는 한 마디 변명도 사과도 할 용기가 없었다. 이런 상황에서 유일한 탈출구는 학교를 그만 두는 수밖에 없었다.

얼마 전엔 완벽을 강요하는 부모의 압력을 못 견뎌 결국 부모를 살해

한 대학생이 온 나라를 충격 속으로 몰아넣었다. 그 학생을 심층 면담
한 이훈구 교수의 결론은 더욱 우리를 안타깝게 한다.

❉

그 부모가 미안하다고 사과만 했더라도 그런 끔찍한 일은 일어나지
않았을 것이라는 게 그의 결론이다. "미안하다고 말하기가 그렇게 어려
웠나요?"

지금 우리 사회가 절실히 필요로 하는 것은 미안하다는 말 한 마디
다. 진심에서 우러나는 사과가 미움과 반목으로 가득 찬 우리 사회에
화해의 가교를 놓아 주리라. 정부, 정치 지도자는 국민에게, 부모가 아
이들에게, 이웃에, 그리고 학교에서 선생이 혹은 학생끼리, 쌓인 앙금
을 풀고 서로가 용서하고 화해할 수 있다면.

이런 소망이 간절히 가슴에 메아리친다면 10월 24일, '화해의 날'을
기억하자.

지금 인터넷을 통해 이 아름다운 운동이 조용히 번져가고 있다. 학교
폭력을 걱정하는 국민 협의회를 중심으로 학생, 교사, 학부모 사이에
자연스런 공감대가 형성되고 있다. 이 날을 화해의 날로 정해, 행여 나
로 인해 마음이 아팠을 사람에게 사과를 드리자. 그리고 사과의 징표로
서 사과를 보내자. 그리하여 향긋한 냄새, 맛있는 사과처럼 우리 관계
도 다시 정겨운 사이가 되게 하자. 발렌타인의 초콜릿보다 더 달콤한
사과를 보내자. 그로서 그의 아픈 마음을 달래자. '애플데이'(Apple
day)는 이런 취지로 소리 없이 무르익고 있다.

말 한 마디에 천 냥 빚을 갚는다. 미안해! 이 한 마디의 위력은 엄청나다. 모든 게 용서되고 서먹했던 관계가 다시 부드러워 진다. 그런데도 우리 민족은 사과에 참 인색하다. 젊은 세대는 더욱 그러하다. 인

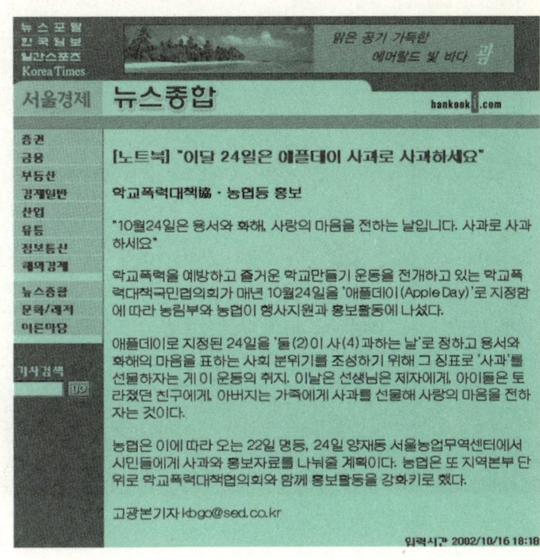

간관계에선 반목, 대결, 그러다 싸움도 일어나는 게 자연스런 현상이다. '싸우고, 토라지고, 화해하고' 이게 사람 사이의 기본이다. 이런 경험이 쌓여 우리는 성숙한 인간관계를 할 수 있게 된다.

불행하게도 요즈음 젊은이는 이 소중한 체험을 해보지 못하고 자란다. 외톨이, 외동이가 많아지고 있기 때문이다. 거기다 골목 동무마저 사라지고 모두들 인터넷에만 매달려 있으니 또래들과 다투고 토라지고 할 기회가 도대체 없다. 이런 아이가 자라면서 인간관계에 작은 문제라도 생기면 이를 다시 복구할 능력이 없다. 그러기 위해선 사과하고 화해를 해야 하는 데 이게 안 되기 때문이다.

중고(中高) 탈락생이 일년에 6만 명이다. 사연은 갖가지지만 그 중 상당수는 정서적, 성격상 문제로 인간관계가 잘 안 되기 때문에 학교를 떠난다. 왕따, 폭력이라도 당해보라. 학교 갈 재미도 없거니와 무서워서도 못 간다. 그리곤 좌절, 분노, 두고 보자고 복수의 이빨을 간다. 한 마디 항변조차 못하다가 어느 날 폭발하면 끔찍한 복수극이 벌어지기

도 한다.

그래서 하는 부탁이다. 소위 짱에게, 중고 시절의 친구는 평생의 자산이다. 내가 어려울 때 남보다 먼저 달려오고, 음식점을 열어도 단골손님이 되어주고, 시의원 출마를 해도 내 일처럼 선거 운동을 해주는 사람도 중고 동창들이다. 이 소중한 평생의 자산을 원수로 만들다니!

주먹이 통하는 시기는 인생 1백년에서 정말 잠시다. 그 잠시를 못 참아 평생의 친구를 원수로 만들 순 없지 않은가.

짱이 아니라도 그렇다. 행여 나로 인해 마음 아파하는 친구는 없는지 조용히 생각해 보자. 무심코 던진 말 한 마디에도 상대는 엄청난 충격을 받을 수도 있다. 꺼림칙한 앙금이 쌓이면 우리 마음이 어두워진다. 자칫 폭발할 수도 있다. 이래서야 우린 결코 행복해 질 수 없다.

그리고 내게 몹쓸 짓을 한 사람에게도 사과를 보내자. 용서하는 의미로! 그게 진정한 강자요 승자다.

126

어디 학교 만이랴. 직장에서, 가정에서, 혹은 이웃간에도 진심어린 '사과'를 담아 사과를 보내자. 그리하여 우리 사회가 온통 화해의 물결로 넘치게 하자. 아름다운 뜻을 가슴 깊이 새긴다면 다시는 다른 사람을 아프게 하진 않을 것이다. 사람들로부터 신뢰와 존경을 잃지 않게 나를 지켜주는 징표로서도 사과를 보내자.

세계에서 제일 맛있고 향긋한 사과를 먹으면서 그의 따뜻한 인간미를 되씹어보자. 그간 쌓인 앙금이 가을바람과 함께 말끔히 가시고 우리 사이엔 아름다운 우정의 가교가 다시 놓이게 될 것이다. ■

"대현아! 네 죽음 헛되지 않도록"

"대현아, 너 이제 하늘에 핀 꽃이 되었구나……." 눈물로 쓴 자기 시를 낭송하면서 시인 이 진영의 목소리는 이미 떨려 있었다. 장내는 숨소리 하나 들리지 않았다.

"너를 보내고서야 우린 비로소 보았다……. 학원 폭력의 무수한 발톱들……. 그때 우리 모두는 죄인이었다……. 비록 너의 어린 몸은 갔어도 너의 맑은 영혼은……. 청소년 폭력 예방 재단으로 활짝 피어나……." 우린 차마 그 이상 들을 수가 없었다.

95년 어느 여름 아침의 악몽이 떠올라서다. 학교 폭력에 시달리다 못해 끝내 투신자살한 대현. 우등생이요 모범생, 개근생, 반장, 운동 선수였던 고1 대현이는 그렇게 우리 곁을 떠난 것이다. 도대체 그 부모의 심경이 어떠했을까.

하지만 그들은 의연했다. 극도의 분노와 슬픔을 억누르고 청소년 폭력 예방 재단을 창립한다. 다시는 나같이 가슴 아픈 죄 많은 부모가 나와서는 안 되겠다. 그리고 학교에는 사랑과 웃음이 넘치는 우정의 마당이 되어야겠다.

❋

그러길 어언 7년, 아버지 김 종기씨는 생업도 포기한 채 오직 이 일에만 매달렸다. 혼신의 힘을 다했다. 청소년을 걱정하는 어떤 모임에도 그는 빠지지 않았다. 그리하여 우리 사회에 이 문제의 심각성을 공론화하는 데 결정적 역할을 해왔다. 그의 헌신적인 노력을 지켜보면서 우린 정녕 부끄럽고 죄송한 마음뿐이었다.

학교 폭력, 이건 처음부터 골리앗과 다윗의 싸움이었다. 하지만 그는 외롭지 않았다. 많은 시민들이 그의 희생정신에 감동되어 할 수 있는 지원을 아끼지 않았다.

7년이 지난 오늘, 이 자리에도 400여명의 착한 양심들로 가득 찼다. 이제 그는 그의 혼이 담긴 청예단 이사장 자리를 내놓기로 한 것이다.

"이젠 많이 치유되었나 했었는데, 여기서 하는 모든 일들이 아들 생각을 떠올리게 합니다. 이게 애비의 정일까요, 가슴 저 깊은 언저리에 언뜻 스쳐가는 애련함 때문에……." 그의 이임사는 담담했다. 하지만 그의 가슴을 찢어 흐르는 피눈물을, 자식 키워 본 우리가 어찌 모르랴.

"당신이 예수요." 나는 서슴없이 그렇게 외쳤다. 가슴에 손을 얹고 생각해보자. 나라면 과연 그럴 수 있었을까. 끓어오르는 분노를 삭이고 용

서와 화해, 그리고 쓰린 한을 속
으로 안고 괴로워하면서, 남의
집 아이들의 안녕을 위해 진력할
수 있을까. 생업도 포기한 채.

그의 바다보다 깊고 넓은 관용 앞에 절로 고개가 숙여진다.

지난 10월 24일 애플데이를 창설하면서 화해와 사과의 상징으로 사
과를 보내자는 학교 폭력 국민 협의회 운동에 가장 앞장서 목소리를 높
인 것도 그였다. 폭력보다 무서운 건 사과에 인색한 우리 풍토가 너무
아쉬워서였다. 그는 이임사에서 "그 후에라도 가해자나 그 부모가 진심
이 담긴 사과 한 마디 없었다는 게 가장 가슴을 아프게 했다"고 술회하
고 있다.

학교의 어두운 뒷골목에 외로운 등대지기로 버티고 섰던 그가 이제
퇴장할 채비를 하고 있다. 그리고 더 넓은 이상향 건설을 위해 어느 나
라에고 자기를 필요로 하는 곳에 그간의 소중한 경험을 나누겠다는 큰
뜻에서다. 끝까지 고맙다.

그런데 청예단을 누가 맡지? 누가 저 힘든 일을 맡아 할 수 있을까.
우린 그게 저으기 걱정이었다. 하지만 2대 이사장으로 패기 넘치는 임
웅균 교수가 맡게 된다니 우린 안도의 숨을 내쉴 수 있었다.

그는 세계적 테너다. 한국의 자랑이요 자존심이다. 세계무대를 누비

고 다녀야 할 그에게 이건 너무나 큰 부담이 아닐 수 없다. 우린 그것도 걱정이고 미안했다. 하지만 그의 결의에 찬 취임사는 그런 기우도 말끔히 씻어 내주었다.

그리고 나는 그의 불우 어린이에 대한 지극한 사랑을 곁에서 지켜볼 수 있었기에 더욱 안심이었다. 해마다 어린이날이면 그는 불우 시설 아이들을 천 명씩이나 공연장에 초대한다. 푸짐한 먹을거리와 공연 관람을 함께 하면서 어린이날 오갈 데 없는 이들의 아픈 마음을 달래 주곤 한다. 그가 큰 무대에서 동요를 즐겨 부르는 것도 그래서다. 그날 밤도 동요를 부르면서 어린이 마냥 즐거워하는 모습이 참으로 고맙고 인상적이었다.

청예단을 맡는다는 건 그날부터 고생바가지를 각오해야 한다. 해서 자식을 둔 부모님께 호소한다. 청예단을 기억하자고. 어쩌면 당신 집에도 제 2의 대현이가 혼자 앓고 있는 지도 모른다.

인간 김 종기, 임 웅균, 그리고 그 가족 분들, 당신네가 있기에 우리에겐 내일에의 희망이 있습니다. ■

과잉 친절

<u>'앞으로 나란히!'</u> 어느 외국기자가 우리 한국 사회를 그렇게 표현했다. 마치 유치원생처럼 시키는 대로 졸졸 따라한다는 것이다. 스스로 하는 법이 없다. 꼭 위에서 시켜야 한다는 것이다.

들기에 거북스럽고 기분도 나쁘지만 그게 우리사회의 실상인 것도 사실이다. 지하철, 기차, 버스정거장 안의 방송을 듣노라면 그 유치하고 치졸함에 웃음이 절로 난다. "기차가 들어옵니다. 한발 물러서기 바랍니다." 거기엔 분명히 위험선이 노랗게 그어져 있다. 바보가 아닌 이상 그 정도는 안다. 어쨌거나 위험하니 조심하란 뜻으로 봐줄 수도 있다. 하지만 다음 방송은 정말이지 불쾌하다. "손님이 내린 후 질서 있게 순서대로 타십시오." 이게 무슨 미개국인가. 아주 어린애 취급이다. 지

금도 이런 방송을 태연히 내보내는 역무원의 배포가 놀랍다. 타고난 후에도 이 치졸한 방송은 계속된다. "뛰지 마시오, 조용히하시오, 핸드폰을…" 끝이 없다. "잊으신 물건이 없으신지 살펴보시고…" 내릴 때까지 정말이지 사람을 미치게 만든다.

버스 휴게소도 온통 시끄러운 안내 방송으로 짜증이 난다. "부산행 손님은 빨리 승차…" 솔직히 이건 승객을 무시하는 처사다. 서양에서라면 어림없는 일이다. 10분 휴식이면 10분 후엔 승객점검도 하지 않고 그냥 떠난다. 놓치면 각자 책임이다. 참으로 야속하고 냉정한 사회다. 함께 가야지 어떻게 그럴 수 있느냐고 항의할 수도 있지만 그건 한국적 정서이다. 합리적 서구사회 윤리로선 늦은 한 사람을 위해 정시에 승차한 많은 사람에게 피해를 줘선 안된다는 것이다.

❋

어느 쪽이 좋고 나쁘고의 문제가 아니다. 개인의 자율과 책임을 묻는 훈련이 부족한 우리로선 서구사회의 논리도 새겨봄직하다. 개인은 물론이고 사회, 국가에서도 지나친 친절, 과잉보호를 하고 있다.

거리에 현란하게 내걸린 현수막들도 그 내용을 읽노라면 치졸하기 비길 데 없다. 수도 요금 마감일에서 토지세 내는 날, 대청소 하는 날까지 '친절히' 알려주고 있다. 부부싸움을 하지 말자는 현수막도 있다. 이건 사생활 침해다.

후유! 현기증이 날 지경이다. 왜 이런 일까지 돈 들여가며 현수막에 광고를 해야 할까. 고소를 금할 수 없다. 하지만 곰곰이 생각해보면 시민들이 그걸 기대하니까 그런 것까지 방송하고 광고하는 거겠지.

자율과 책임이 강조되는 서구 사회에선 상상도 할 수 없는 일이다. 각자가 스스로 알아서 할 일이고 하지 않으면 그에 따른 손해나 책임은 각자의 몫이다. 그게 합리적이긴 하지만 우리 정서에는 맞지 않는다. 해서 친절히 알려주려고 하는 일이긴 하겠지만 그래도 이건 지나치다. 국민을 바보로 만드는 일이다. 외국 사람이 들으면 웃는다. 이젠 꼭 필요한 것만 알려주면 좋겠다. 눈도 귀도 편하게 해줬으면 좋겠다. 그러잖아도 시끄럽고 어지럽고 복잡한 세상에 말이다. ■

PROFUMERIA

아리조나 카우보이

50년대 후반, 전쟁이 휩쓸고 간 폐허 위엔 가난과 굶주림, 질식 할 것만 같은 답답한 하루가 이어지고 있었다. 그런 암울한 시절에 이 시원한 노래는 젊은이의 가슴을 확 뚫리게 만든 청량제였다. 아리조나 카우보이, 생각만 해도 시원하고 자유로웠다. '광야를 달려가는 아리조나 카우보이, 말채찍을 흔들면서 역마차는 달린다' 끝없는 아리조나 광야를 막힘없이 달리는 카우보이 모습이 마치 눈에 보이는 듯 선하다. 지평선에 지는 석양을 바라보며 달리는 그 모습이 너무나 낭만적이다.

추위와 굶주림 밖에 아무것도 없는 참으로 암울한 시대였다. 하늘을 쳐다봐도 어디 한 군데 뚫린 곳이라곤 없었다. 컴컴한 선술집에 모여 앉아 그래도 이 노래를 부르며 숨막히는 젊음의 절규를 토해내곤 했다.

끝없는 광야를 거침없이 달리는 상상을 하면서, 아! 그리고 '저 멀리 인
디언의 북소리 들리면, 고개 넘어 주막집의 아가씨가 그리워…' 이 대
목도 참 좋았다. 얼마나 미국적이냐. 서부 영화의 한 장면이 눈앞을 스
쳐간다. 금발머리를 휘날리며 뭇 사나이들의 휘파람 소리에 엉덩이를
흔들어 대는 서부의 아가씨, 사랑과 낭만이 엉글어 가는 광활한 대지,
우리에겐 정녕 꿈의 나라였다. 꿈의 나라.

※

　이윽고 꿈에만 그려보던 그 아리조나에 가보기까진 40여년이란 세월
이 흐르고 난 후였다. 아! 그 아리조나. 내겐 참으로 감격적인 순간이었
다. 이제라도 곧 어디선가 카우보이가 나타날 것 같다. 채찍을 들고 역
마차가 달려 갈 것 같다. 하지만 온 종일 달려도 황량한 사막 뿐, 거기엔
카우보이도, 역마차도 없었다. 인디언의 북소리도, 고개 넘어 주막집

아가씨도 거기엔 없었다. 이럴수가, 내겐 실망이었다. 하지만 다음 순간 역시 작가의 상상력은 대단하구나 감탄했다. 어떻게 한번 가본 적도 없는 곳을 이렇게 멋있게 그려낼 수 있을까. 우습기도 했지만 작가적 상상력에 놀라기도 했다. 만약 그 작가가 여길 와 봤더라면 이런 멋진 노래는 만들지 못했으리라.

카우보이 이야길 썼지만 실은 오늘의 주제는 아리조나도, 카우보이도 아니다. 이젠 온 세계 어딜가도 쉽게 만날 수 있는 한국의 젊은이가 주제다. 세계속의 젊은이다. 세계의 젊은이들과 어깨를 나란히 하고 즐거운 담소를 나누고 있는 우리 젊은 배낭족들이다. 세계와 호흡하며 지구의 끝까지 자유로이 나다니는 우리 젊은이다. 보기만해도 기분 좋다. 그간 우리가 흘린 땀이 결코 헛되지 않았구나, 감개 무량하다.

이번 유럽 학회에서도 많은 우리 젊은이를 만났다. 대합실에서, 광장에서, 산에서, 호수에서, 발랄하고 구김살 없는 우리 젊은이의 모습이 무척이나 자랑스러웠다.

그 황당한 내용의 노래나마 목청 돋우며 부르며 키워온 꿈이 이제사 피어나고 있는 것이다. 어둡고 답답한 선술집에서 꿈에나 그리며 절규해야 할 까닭도 이젠 없다. 어찌 축복이 아니랴! '아! 세계를 달려라,. 우리의 젊은이여! 거침없이.' ■

웃지마, 이건 내차야

'웃지마' 라고 했지만 이 글귀를 보고 웃지 않을 수 없었다. 형편없이 낡은 헌차였다. 저러고도 쌩쌩 달리는 게 신기할 정도였다. 그리고 고물차 뒤에 써 붙인 문구가 참으로 애교 있다. 직역하면 '웃지마, 할부가 끝났다' 는 뜻이다. 할부가 다 끝났으니 이건 내차라는 뜻이다. 그러니 차가 낡았다고 비웃거나 무시하지 말라는 가벼운 항의도 숨어있다.

　미국이어서일까. 여유있는 유머센스다. 미국엔 좋은 차도 많다. 하지만 그건 엄밀히 따져 개인 소유가 아니다. 몇 년 할부로 샀기 때문에 다 갚기 전엔 내차라고 말할 수 없다. 연체라도 하는 날이면 가차없이 가져가 버린다. 신용등급도 떨어지고 사회적으로 실격자로 몰릴 판이다. 냉정하고 가혹하다. 인정사정 없다. 이런걸 생각하노라면 소름이 끼치

140

는 게 미국 생활이다. 번드레한 새 차를 몰고 다닌답시고 뻐길 형편이
전혀 아니다.

지불이 끝난 내 차라고 큰 소리치는 데는 그만한 이유가 있는 것이
다. 비록 헌차라도 내 차를 몰고 다닌다는 게 자랑이다. 당당하다. 참으
로 여유있게 들린다. 어쩌면 미국식 자본주의 속물근성을 비웃고 있는
것 같기도 하고 실속 없이 외형만 번드레한 미국 사람의 과시욕에 대한
경고이기도 하다. 오늘의 미국 사회거품을 통쾌하게 풍자하고 있다.

웃긴 했지만 참으로 많은걸 생각하게 해준 글귀였다. 지난번 시카
고 학회에서 본 그 글귀는 오랫동안 내 머리 속에 화두처럼 떠오르고
있다.

헌 차라고 기죽긴 커녕 자랑스레 몰고 다니는 그 젊은이의 배포가 부
럽다. 그런 차 내용을 들여다 보면 부속품 하나 제 것인 게 없다. 망가진

부품을 폐차 차고에서 여기저기 찾아 꿰맞춘 것들이다. 안팎이 너덜너덜이다. 미국의 젊은이는 내가 벌어 내 손으로 차를 사야 하기 때문에 아예 새차와는 인연이 멀다. 입학, 혹은 생일선물로 덜렁 새차를 사주는 인심 좋은 부모도 이 지구상 어디엔가는 있긴 하지만. 이런저런 사연까지 생각하노라면 고물차를 모는 미국의 그 젊은이가 존경스럽기까지 하다.

얼마전 차 검사를 받으러 갔을 때다. 문짝이 약간 찌그러졌으니 고쳐오라는 것이었다. 운전 하는 데는 기능적으로 아무런 이상이 없다고 항의했지만 허사였다. 결국 적지 않은 돈을 들여 고친 후에야 검사증이 나왔다. 외형을 중시하는 우리 민족성도 작용하겠지. 여하튼 한국 차들은 하나같이 새차같다. 보기엔 좋다. 하지만 기능이나 경제성보다 모양새만 갖추려다보니 차 수명이 짧아진 게 문제다. 겨우 7년 남짓, 선진국의 반도 안 된다. 그나마 최근엔 차량 수명이 더 짧아지고 있다는 보고다. 차 성능이 모자라서가 아니다. 요즈음 미국에선 한국차의 몇몇 기종은 없어서 못 판다고 한다. 구조 조정이니 부실이니 파업이니 하면서 말도 많은 한국 자동차 회사인데 신기하고 고맙다.

각설하고, 좀 실속을 차리자는 이야기다. 1년만 더 타면 10조가 절약된다는데. 언젠가 한국에도 '웃지마!' 하고 큰 소리치는 고물차가 당당히 거리를 달리는 모습을 기대해 본다. ■

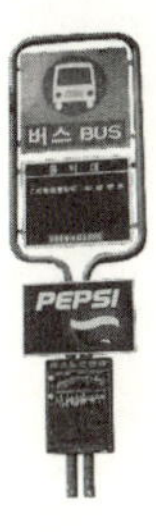

퇴근길 인파 속에서

조용하던 도심거리가 퇴근 시간이 되면 갑자기 부산해진다. 오가는 사람들로 넘쳐난다. 갑자기 활력이 넘친다. 마치 빌딩 숲속에 숨었다가 한목에 거리로 쏟아져 나온 것 같다. 어디론가 모두들 발걸음이 빠르다.

버스를 기다리는 사람, 지하철로 들어가는 사람, 곧장 집으로 가는 사람, 야간학원, 데이트 약속, 친구와의 대포 한 잔…. 모두 들뜬 가슴이다. 오늘 하루 열심히 뛴 보람을 안고 이제 편안한 퇴근길이다. 수고들 하셨습니다. 어디서 무얼하던 모두들 제자리에서 최선을 다해 일했을 것이다. 고맙다.

저들이 있기에 한국호는 거센 역풍을 안고도 꾸준히 항해를 계속해 왔고, 거센 풍랑도 헤쳐갈 수 있었다. 기적이랄 수밖에 없는 초고속 성

장도, 그리고 그 힘든 경제 불황 속을 쓰러지지 않고 버티낼 수 있는 그 저력도 여기 저 넘실거리는 거리의 활력에서 비롯된 것이리라. 난 그렇게 확신하고 있다.

난 그래서 도심의 퇴근길이 좋다. 나도 그 속의 일원이란 사실이 그지없이 자랑스럽고 영광스럽다. 나란히 어깨를 하고 함께 퇴근 행렬 속에 끼여 있다는 게 신기하고 고맙다.

때론 부딪치고 밀치고 넘어지기도 하지만 돌아보면 모두가 정겨운 이웃들, 반가운 얼굴이다. 무슨 시기며 미움이랴. 오가는 사람들이 그저 정겹기만 하다.

그래 모두들 고맙다. 힘든 나날을 이겨내기 위해 최선을 다하는 그 자세가 존경스럽기도 하다. 어깨에서, 얼굴에서 무거운 하루를 느낄 수 있다. 진정 수고했습니다. 어깨라도 두들겨 주고 싶다. 때론 하루가 힘들고 지겹더라도 최선을 다해 열심히 살자. 어려운 때도 있다. 모든걸

144

포기하고 이대로 주저 앉고 싶을 때도 물론 있다.

하지만 우린 그래도 살아야 한다. 두 주먹 불끈 쥐고 쾅쾅 대지를 울리며 저 퇴근 행렬 속에 일원이어야 한다. 잠시 쉬어갈 순 있다. 그러나 낙오자가 되어선 안 된다. 때론 울고 싶을 때도 있고, 술에 만취가 되어 세상만사 다 잊고 싶을 때도 있다.

하지만 두 눈 부릅뜨고 세상을 똑바로 봐야 한다. 그리고 퇴근길 인파 속의 활력을 느껴야 한다. 그 속의 일원임을 다시 한번 확인하고 그 활력을 온 몸으로 느껴야 한다.

어깨가 가벼울 것이다. 걸음도 가벼울 것이다. 새로운 힘이 감도는 걸 느낄 수 있을 것이다. 그래야 희망에 넘치는 내일을 맞을 수 있게 된다. ■

바람처럼 살다가는 마사히족

아프리카의 세렌게티는 이름 그대로 '끝없는 대지' 다. 아득한 지평선을 향해 달리는 사파리는 그것만으로도 우리에겐 대단한 감동이다. 영양 떼가 한가로이 풀을 뜯고 온갖 짐승들이 무리를 지어 뛰어 노는, 참으로 평화로운 들판이다. 하지만 다음 순간, 맹수가 나타나면 온 들판이 아연 긴장상태에 들어가고 쫓고 쫓기는 치열한 생존 경쟁이 전개된다.

TV '동물의 왕국' 에서 흔히 보게 되는 낯익은 장면들이 눈앞에서 벌어진다. 손에 땀을 쥐게 한다. 약육강식의 냉엄한 생존의 법칙을 실감케 한다. 여기는 동물원이 아니다. 야생 그대로다. 정말이지 박진감이 넘친다.

한데 궁금증이 생긴다. 아무리 아프리카 오지라지만 이 개명 천지에

어떻게 저런 태고적 원시의 자연이 그대로 보존될 수 있을까.

우린 여기서 마사이족의 우주관을 상기하게 된다. 아프리카 영화에서 보게 되는 훤칠한 키에 붉은 색 옷을 걸친 부족이다. 얼굴엔 얼룩무늬, 귀엔 큰 구멍, 춤을 출 적엔 막대기를 들고 그냥 선 채 위로 껑충껑충 뛰기만 하는 독특한 춤을 기억할 것이다.

탄자니아, 케냐의 드넓은 대지의 주인인 이들은 수천년을 맹수와 함께 평화롭게 살아왔다. 그러던 어느 날 이곳이 국립공원으로 지정되면서 쫓겨나야 했다. 꼭 40년 전의 일이다. 하지만 놀랍게도 이곳에 사람이 산 흔적이라곤 찾아볼 수 없다. 완벽한 자연 그대로다. 이곳에 사람이 수천년을 살았다는 사실이 믿어지지 않는다. 들판이야 풀이 자라면 그럴 수도 있겠다. 하지만 바위라는 뜻의 이 곳 '모루' 지역은 자그마한 언덕에 아름다운 바위, 나무, 그리고 이웃에 물이 있어 큰 부락을 이루며 살았다고 한다. 한 폭의 그림 같은 작은 돌 언덕이 여기저기 흩어져 장관을 이루고 있다. 누군가의 입에서 창조주의 노래가 절로 흘러 나왔다. 맹수가 우글거리는 대평원에 이렇게 아름다운 언덕이라니, 신이 이룬 절묘한 조화 앞에 할 말을 잃게 된다.

우리가 정말 놀란 건 그 아름다운 바위 어느 곳에도 사람의 손길이 닿은 흔적이 없다는 점이다. 길을 내고 바위를 옮기거나 그 잘난 이름 하며, 낙서인들 왜 없을라고. 개발이란 이름으로 택지를 조성하거나 포장도 하고…. 콘크리트 옹벽이 흉물스럽게 남아 있을 텐데. 그러나 완벽한 자연 그대로의 보존, 이건 정말이지 우리 상식으로는 상상이 가지 않는다.

이것이 마사이족의 자연관이요, 우주관이다. 자기 자신도 자연의 하나로, 자연 속의 한 구성원으로 의식한다. 한마리의 토끼요 한그루 나무일뿐 만물의 영장이라는 오만이 없다. 그들의 먹이는 거의 소에 의존하고 있다. 우유, 피를 마시고 소똥으로 집을 짓고 연료로 쓰고, 가죽으로 샌들을 만들고, 먹고 남은 뼈는 나무에 얹어 영혼이 하늘로 가기를 빈다. 죽고 살고, 피고 지는 자연의 생멸 순환의 법칙에 따라 살아간다.

❇

이런 생활 의식은 요즈음도 크게 다르지 않다. 어깨 막대 하나에 양손을 걸치고 메마른 대지를 소처럼 느릿느릿 걷는 마사이족을 쉽게 만날 수 있다. 어디로 가는 걸까. 가고 있는 쪽엔 아득한 지평선, 메마른 대지, 집도 소도 보이지 않는다. 물통도 도시락도 손에 든 거라곤 없다. 그냥 지평선 너머로 사라지기 위해 걷는 사람 같다. 무슨 생각을 하는 걸까. 마치 구도자처럼, 공수래 공수거. 오직 막대기 하나에 모든 걸 의지한 채 맹수가 우글거리는 그 대지를 겁도 없이 가고 있는 것이다.

마사이족에게는 뭔가를 모아 부자가 된다는 개념이 없다. 그들은 시간에 쫓기지 않는다. 느린 걸음으로 시간을 만들어 쓰고 있다. 땅에 대한 미련도 없다. 물 좋고 풀 좋으면 그것으로 족하다. 고향이 없으니 지역 감정도 있을 턱이 없다. 바람처럼 잠시 머물다 지나가면 그뿐, 마사이는 발자국도 남기지 않는다. 그들이 남긴 건 아무것도 없다. 아! 하지만 여기를 보라. 얼마나 위대한 걸 남겼던가.

지구상 오직 한 군데, 사람이 살다 갔으면서 사람의 흔적이 남아 있지 않는 곳. 야성과 원시의 자연 그대로, 그것이 오늘날 온 인류에게 얼마나 큰 위안과 휴식을 주고 있는가. 이보다 더 위대한 유산이 또 있을까.

우린 무엇을 남길 것인가. 마사이족의 위대한 유산 앞에 옷깃을 여미게 된다. ■

타슈켄트의 천사들

여기는 우즈베키스탄의 수도 타슈켄트. 밖엔 이미 어둠이 깔리고 있지만, 이 곳 아시아개발원(IACD)의 작은 빌딩엔 환하게 불이 켜져 있다. 여기가 한국인들의 거점이다.

이제 막 아프가니스탄에서 의료봉사를 마치고 온 젊은 여의사, 그의 옷에선 아직도 포연 냄새가 물씬 풍기고 있다. 아프간 사태에 마음이 아팠던 그는 서울에서 달려 왔다고 한다. 피로에 지친 기색이 역력하다. 그러나 전열을 가다듬어 다시 가야 한다는 그의 눈엔 사랑보다 진한 이슬이 맺혀 있었다.

2층에 올라가니 한국의 부천에서 온 정 박사가 오늘 열네 번째 백내장 수술을 마치고 잠시 쉬는 중이다. 대기 중인 환자들을 보니 언제 끝

날지 알 수 없다. 벌써 몇해 째다. 이번엔 15명의 대부대를 이끌고 왔
다. 수술 장비부터 비품까지 비용만도 엄청나다. 그걸 개인 병원에서
부담하기란 웬만한 결심 아니고는 될 일이 아니다. 우리의 각박한 의료
풍토에서는….

옆방은 치과 클리닉이다. 젊은 부부 치과의사가 5년째 신혼 여행 중
이라고 밝게 웃었다. 그리고 내과 외과 등이 있어 준종합병원 규모다.
미국에서 온 교포 의사와 간호사, 약사, 의료기사 등 젊은 그들의 가슴
엔 온통 사랑이 넘쳐 나고 있었다. 첨단장비와 최신 의술로 정성을 다
하고 있다. 그건 한국의 명예와 직결되기 때문이다.

타슈켄트 의과대학은 100년의 전통을 자랑하고 학생 수만도 3,000
명이다. 구 소련에서 교육받은 엘리트 교수진은 자부심도 대단하다.

하지만 독립된 지 10년, 아직도 모든 게 과도기 상태라 사회 각 분야
에서 진통과 시련을 겪고 있는 듯했다. 그곳 의과대학 총장이 자매 결
연한 서울의 삼성서울병원을 둘러보고 난 후, "난 거기서 21세기를 보
았다"고 한 짧은 소감은 참으로 많은 걸 시사해 준다.

그날도 최첨단 지견을 나누기 위해 타슈켄트 의대 강당에는 한국의
중진 치의학 교수 세 분의 특별강연이 열리고 있었다. 현지 의사, 교수,
의대생들로 발디딜 틈조차 없었다. 나도 한 마디 할 기회가 있어 강단
에 서 보니 한국 의학에 대한 뜨거운 열기와 기대를 느낄 수 있었다.

이 곳에서의 한국에 대한 신뢰는 절대적이다. 수적으로는 적지만 고
려인의 근면성과 성실함은 그곳 사람들의 귀감이 되고 있다. 교통신호
를 위반해도 범칙금이 2배다. 오해하지 마라. 차별이 아니다. 존경의 표
시다. "당신은 고려인 아닌가"라고 경찰이 반문한다. 그만큼 일등 시민

으로 믿고 인정한다는 뜻이다.

　　그 뿐인가. 세계 어디를 가도 외국차라면 길에서 일제차가 가장 많이
눈에 띈다. 하지만 여기서만은 사정이 다르다. 전자제품과 함께 한국차
의 우수성에 감탄을 한다. 거기다 이들 자원봉사자의 헌신적인 노력이
그곳 사람들에게 깊은 인상을 심어 준 것이다.
　　"봉사라니요? 저희는 여기가 좋고 순박한 사람들과 함께 살 수 있다
는 게 그저 고마울 뿐입니다."
　　아, 이 각박한 세상에 이런 사람도 있다. 이름없이, 소리없이 사랑을
베풀고 있는 이들의 맑은 영혼 앞에 난 그저 부끄럽고 할 말이 없었다.
　　넉넉지 않은 살림을 오직 사랑이라는 이름으로 끌고 가려니 여간 힘
든 일이 아니다. 그래도 한국의 보이지 않는 수많은 손길들이 있어 이
나마 꾸려 갈 수 있는 게 고맙다고 손을 모은다.
　　얼마 전 터진 아프간 사태로 그 나마 바쁜 일손이 더 분주해졌다. 살
림살이도 더 벅차게 되었다.
　　전쟁의 포화 속을 뚫고 구호품을 전달하느라 사선을 넘나들어야 했
던 한 젊은 목사는 아직도 불어터진 입술이 아물지 않았다. 그리고는
모금 운동을 하느라 음악회 기획에 정신이 없다. "헐벗고 굶주린 아이
들이 이렇게 추운 밤엔 어디서 지내고 있는지, 저녁은 먹었는지…." 차
한 잔을 들고 창 밖을 응시하는 그의 고뇌에 찬 모습에서 난 예수를 보
았다. 화려하고 웅장한 교회에 훌륭하신 목사님들도 많지만, 나로선 종
교적 신심이 돈독하지 못한 탓인지 이런 느낌은 처음이었다.

3층 계단에서 한국어교육센터의 젊은이들이 내려온다. 오늘은 고려인 촌에서 한국의 설날 예절과 풍습을 가르치러 가는 길이다.

아, 그러고 보니 오늘이 설날이구나. 모두는 서로의 얼굴을 쳐다보고 어색하게 웃는다. 아직은 어려서일까. 잠시 고향의 떡국 생각도 났던 것일까.

'타슈켄트의 천사' 들. 그대들이 있기에 인류에겐 희망이 있고, 그리고 우리 한국엔 구원이 있으리라. ■

응석의 마찰

서구 특히 미국 남자들이 더 피곤한 건, 응석을 부릴 데가 없기 때문이다. 언제나 강하고 독립적이어야 하는, 소위 '존 웨인' 콤플렉스 때문이다. 사회도 그렇게 기대하고 또 남자 자신도 그렇게 행세해야 한다.

거기 비하면 우리는 참 행운아다. 평생을 응석받이로 지낼 수 있으니 말이다. 골프장에 백발의 형제가 다투고 있다. "형, 한 점만 더 줘!" 동생이 응석을 부린다. "안돼, 녀석아. 엄살떨지 마" 형이 그런다고 물러 설 동생이 아니다. 죽는 시늉을 하면서 '한 점만' 하고 떼를 쓴다. 참으로 아름다운 장면이다. 70대는 되어 보이는 나이에도 저럴 수 있는 형제가 부럽다.

응석이라면 전국 노래자랑의 송해씨를 빼 놓을 수 없다. 무대에 올라

온 여성 출연자에게 어깨를 흔들며 응석을 떠는 모습이라니, 폭소를 자아낸다. 참 귀엽다.(실례!) 온통 무대가 정이 넘쳐흘러 훈훈하고 따뜻하다. 노래가 절로 나온다.

이처럼 응석은 대인 관계를 한결 부드럽게 해 주는 윤활유다. 이게 없으면 사무적으로 되어 관계가 아주 딱딱해진다. 긴장과 불안으로 가득 찬 현실에서 응석만큼 좋은 정신치료제도 달리 없다. 따라서 응석을 받아 줄 사람이 없다는 건 참으로 불행이다. 마찬가지로 내게 응석을 부리는 사람이 없다는 것 역시 불행이다. 갱년기가 되면 아이들은 모두 밖으로 싸다니고 영감도 바깥일에 정신이 없다. 나한테 칭얼댈 아이도 없으니 가슴이 텅 빈 것 같다. 빈 둥지의 어미 새가 우울증에 빠지는 것도 그래서다.

유학 다녀 온 아들이 용돈을 받아 들고 "고맙습니다" 인사를 하는 통에 아버지가 그렇게 서운했다는 이야기도 참으로 한국적이다. 차라리 만원만 더! 하고 떼를 썼더라면…….

이처럼 응석의 세계는 정의 세계다. 네 것 내 것이 따로 없다. 미운 짓을 해도 모두가 용서되는 용광로다. 물론 거기엔 합리성이나 논리성이 있을 수 없다. 그저 억지다. 응석이 안 통하면 떼를 쓴다.

응석의 원형은 아이와 엄마 사이다. 아버지의 엄한 권위주의에 주눅이 든 아이가 엄마 앞에 응석을 부림으로서 긴장이 풀리고 정서적으로 안정이 된다. 자라면 선생과 학생, 직장 상사, 심지어 길 가는 사람에게까지 아저씨, 할아버지라 부르며 응석을 떤다.

사회적 약자가 때론 무리한 요구를 하고, 말도 안 되는 억지를 써도 우린 이를 귀엽게 애교로 봐 준다. 그리고 웬만하면 청을 들어준다. 이렇듯 우리에겐 참으로 아름답고 인간적인 전통이 이어져 온 것이다.

학생들의 총장실 점거, 심지어 술꾼의 주정까지 한국 사회는 응석 일색이다. 한데 우리 사회가 세계화되면서 여기에 부작용이 나타나기 시작한 것이다.

米

미국 본사에서 한국 사장으로 부임한 존슨씨. 씩씩거리며 내 진료실을 찾아 왔다. 회사의 한국 직원이 불법 파업에 들어간 것. 가당찮은 요구를 하면서 과격한 구호, 데모, 드디어 사무실 기물까지 파손하고 있으니 도저히 이해를 할 수 없다는 것이다. 나는 일단 그의 흥분을 진정시키고 한국인의 무의식적 심성을 이야기하면서 그를 이해시키려고 했다.

"그게 한국인의 심성 깊숙이 젖어 있는 응석일지도 모릅니다." 아이가 엄마한테 무리한 요구를 한다. 응석을 부려도 안 들어 주면 떼를 쓴다. 물론 엄마로서는 쉽게 들어줄 리가 없다. 아이는 방바닥에 뒹굴기도 하고 자기 인형을 집어 던지고 부수기도 한다. 그리곤 엄마 가슴을 치면서 칭얼댄다. 물론 이건 응석이요 생떼다. 하지만 합리적인 서구인의 눈에는 분명 폭력이요 폭행이다.

여기까지 설명이 진행되었지만 벽안의 신사에겐 설득력이 없었다.

시골 부부 싸움하는 이야기까지 하지 않으면 안 됐다. 겨우 남편이 마루 끝에 앉아 담배를 피우는 데 아내가 때리라고 머리를 들이민다. 남편이 비켜 앉아도 계속 따라간다. 드디어 확 밀어 제친다. 그러자 아내는 기다렸다는 듯 "동네 사람아, 사람 잡는다"고 고함을 친다.

그래도 이해가 안 되는지 "무슨 싸움을 그렇게 해?" 그의 눈이 점점 더 커진다.

그게 한국의 응석 싸움인데, 서구인의 생각에 납득이 갈 리가 없다.

일상생활 중에 미처 의식하진 못하지만 우리의 무의식 속에는 응석과 떼거지가 뿌리 깊이 박혀 있다. 불행히도 우리의 넓은 포용성, 깊은 인간애가 담긴 이 아름다운 전통이 '합리성'이라는 글로벌 스탠더드와 마찰을 빚고 있는 것이다. 이게 이제 우리 사회가 풀어야 할 딜레마요 과제다.

그렇다고 약자의 합리적 요구마저 응석이라는 이름으로 몰아 부칠까 두렵고. ■

# 아파트가 20년도 못 버틴다고?

스위스 르체른, 아름다운 호반의 도시라기보다 작은 마을이다. 우리가 묵은 호텔은 300년의 역사가 묻어서 일까, 아늑하면서도 품격이 있어 좋았다. 이번에 새로 수리 단장을 했다지만 낡은 집이라 불편한 게 한 둘이 아니다. 바로 옆 건물도 수리 중이었다. "뜯고 새로 짓지" 그냥 해 본 말에 지배인 역시 동감이라고 했다. 그 편이 훨씬 경제적이다. 공사 기간도 단축되고 쓰기에 편리한 현대식 건물이 될 수도 있고.

그런데 왜 안 해? 나로선 당연히 드는 의문이다. 그가 잠시 얼굴을 찡긋거리더니, "헐기엔 우선 300년의 역사가 아깝고 거기다 스위스는 워낙 땅덩이가 좁아 건축 폐자재를 묻을 데가 없습니다. 경관을 망치거나 호수라도 더럽히면 우린 끝장입니다."

난 그 이상 할 말을 잃었다. 앞으로 몇 번을 더 보수하게 될까? 짓되 허물고 묻을 걱정까지 하는 나라. 그래서 집 한 채, 다리 하나를 놓아도 천 년을 가게 짓는 나라, 스위스다.

※

'20년 된 낡은 집', 고로 재건축 대상이 되는 한국. 200년이라면 또 모르겠다. 당국에서도 좀 미안하고 창피했던지 최근에서야 30년으로 연장하겠다는 논의도 있긴 한 모양이다. 도대체 어떻게 지었기에 20년이 지나면 헐어야 된단 소리냐? 한국 건축계의 실력이 이것밖에 안 되는 건지, 재료가 시원찮아 이런 건지, 지진 때문인지, 외국도 사정이 우리와 같은 건지, 아파트 주민으로선 궁금한 게 한 둘 아니다. 20년마다 이삿짐 보따리를 싸들고 다닐 것도 걱정이고 당장 무너지지나 않을 까도 두렵다. 도대체 불안해서 견딜 수 없다.

이게 제발 투기꾼들이 재건축을 앞당기기 위해 부리는 농간이라면 차라리 좋겠다. 요즈음엔 안전 진단 위원회까지 생겨 재건축 요건을 강화하고 있다니 그나마 다행이다. 그런데도 87년 이전의 강남구 아파트 90%는 재건축을 해야 한다니, 세계 사람들이 들을까 두렵다. 지금 당장에도 50%가 리모델링보다 재건축이 경제적이라니, 도대체 경제성이란 의미가 무언지 부터 궁금하다.

최근 일고 있는 재건축 사업은 이렇듯 건물의 내구연한, 주거 생활환경, 경제성, 투기 붐을 중심으로 논의되고 있다. 이것만으로도 한심하지만 어쩌면 모두들 그렇게 근시안인지. 당장 건축 폐자재를 어떻게 처리할 것인지에 대한 논의가 없다. 설마하니 그 못된 처리 업자들을 시켜 야산에 눈가림으로 묻거나 남의 밭에 그냥 버리고 가게 할 생각이야 아니겠지. 가끔 뉴스에 보도되는 현장의 참상은 끔찍하다. 하지만 이건 겨우 시작일 뿐이다. 대단위 단지의 재건축이 본격화되면 쓰레기와의 전쟁은 결사적으로 될 수밖에 없다. 이건 우리의 생존과 직결되는 심각한 문제다.

규정대로라면 수년 내에 전국의 아파트를 다 허물어야 한다. 늦어도 2020년엔 1세대 아파트는 자취도 없이 사라지게 된다. 그리고 이건 한 번으로 끝날 일이 아니다. 매번 20~30년 주기로 전국 아파트를 다 허물고 새로 지어야 하니 건축업자는 살판났다.

하지만, 하지만 말이다. 그때마다 생겨나는 폐자재를 어떻게 할 것인가. 생활 쓰레기만으로도 매립장은 넘쳐나는데. 바다에 버릴 것인지, 땅에 묻을 것인지, 아니면 그냥 쌓아 둘 것인지. 생각만 해도 끔찍하지 않은가. 이젠 건축용 골재도 바닥이라는데.

사정이 이렇게 절박한데도 환경부의 목소리는 잠잠하고 까다로운 NGO도 조용하다. 김포 매립지도 말이 없다. 결론은 분명하고 간단하다. 이 문제가 해결되기 전엔 재건축은 아예 꿈도 꾸지 말아야 한다. 무너질 위험이 없는 한 재건축은 원천적으로 봉쇄 되어야 한다. 주거 환경이니 경제성이니 하는 사치스런 이야기를 할 상황이 전혀 아니다.

급작스런 산업화, 도시화로 날림식은 어쩔 수 없었다 치자. 하지만 이젠 정말 천년을 가는 집을 지어야 한다. 건설업계는 정녕 부끄러워할 줄 알아야 한다.

산비탈에 찢어진 판자로 지은 움막도 20년은 더 갔다. 까마귀 집도 그 보단 오래 간다.

300년 전 스위스는 지금 우리보다 더 가난한 나라였다. 청년들은 외국 군대 용병으로 나가 목숨과 바꾼 돈으로 본국 가족이 연명을 할 수 있었다. 용병제도가 철폐된 것도 그리 먼 이야기가 아니다. 그래도 그들은 천년 앞을 보고 살았다. 그 곳 아름다운 풍광을 바라보면 우리의 망가진 산하가 떠오른다. 어쩐지 슬퍼진다. ■

세계를 울려라, 문화전령사

지난 연말, 이스탄불에서 열린 '한국의 날' 행사는 친선과 화합으로 어우러진 감동의 무대였다. 백화점 3층에 마련된 특설 무대에서 최불암 단장이 이끄는 '웰컴 투 코리아' 의 한국 알리기 문화 행사가 열린 것이다. 터키와의 특별한 인연, 거기다 월드컵에서 보여준 두 나라 우의의 열기가 아직도 그대로 뜨거워서 인지 첫 공연 때부터 그 곳 언론의 관심은 대단했다. 모든 TV, 신문에 행사 소식이 알려지면서 이튿날엔 먼 곳에서 일부러 찾아 온 시민들로 초만원이었다.

마지막 공연에서 젊은 태권도 시범단이 한국전 참전 노병들과 함께 무대에 오르자 관중석에선 박수갈채가 터져 나왔다. 그리곤 모든 단원과 한국 교민들이 무대 아래 모였다. 단상의 노병들에 대한 감사의 예

를 들이기 위해서였다. 이희수 교수가 유창한 터키어로 감사 말씀을 드렸다. "한국의 오늘이 있게 해 준 은인이요, 우리가 지금 이렇게 우정의 무대를 꾸밀 수 있는 것도 여러분들이 피 흘려 한국을 지켜 주신 덕분입니다……." 큰 절을 올렸다. 눈물이 글썽한 노병들을 뒤로 하고 이번엔 터키 주민을 향해 돌아섰다. "형제 여러분, 세계 어디 사는 교포보다 터키 한국 교포는 마치 내 집처럼 편안하다고 합니다. 가족 이상으로 따뜻이 돌봐 주신 터키 형제 여러분의 우의에 다시 한번 감사드립니다." 우리가 고개 숙여 있는 동안 터키 관중들은 모두 일어나 뜨거운 박수로 답례했다. 그리곤 함께 어울려 신명나는 한 판이 벌어졌다. 사물놀이를 앞세워 고성 오광대, 진주 북 춤과 함께 백화점 내 모든 가게를 들르며 지신(地神)을 밟아 한 해의 축원을 빌어 줬다. 그 깊은 뜻이 알려지자 점원들도 덩달아 손을 흔들어댔다. 이틀 동안의 짧은 공연이었지만 터키인에게 심어준 한국의 인상은 깊었다.

   ❈

   그간 우린 전쟁의 폐허에 삶의 터전을 닦기에만도 정신이 없었다. 처절하고 살벌한 생존에의 몸부림이었다. 그러느라 힘든 이웃 나라도 짐짓 모른 척 하고 지내 왔다. '살기에 쫓겨' '우리 코가 석자나 빠졌는데' 이게 우리가 내세운 그간의 명분이었다. 하지만 이젠 이건 엄살이요 응석이다. 불행히? 이젠 이게 통하지 않을 만큼 우리 국력이 성장했다. 지금부터는 지구촌의 일원으로서 최소한의 역할을 다 해야 한다.
   우리가 급할 땐 매달려 살살거리긴 잘한다. 거기다 눈치는 빨라서 어디가나 굶어 죽진 않는다. 하지만 일이 끝나면 언제 봤느냐다. 약아 빠졌다. 올림픽, 월드컵을 그렇게 성공적으로 치룬 나라가 못 사는 이웃에겐 너무 인색하다. 하지만 세계의 눈은 냉혹하다. 지난번 LA사건을 기억할 것이다.

왜 하필이면 우리 교민 상점만 약탈, 방화했을까? 결론은 딱 한 가지, 우리가 너무 인색해서다. 빈민촌에 가게를 열어 밥 먹고 살면서 어려운 이웃들에게 콜라 한 잔 대접 안한 것이다. 거기다 못산다고 무시까지 했으니 "당해도 싸다"는 말이 나옴직도 하지 않은가.

여기만이 아니다. 지난 경제 위기 때 이 지구상 어느 누가 한국을 도우자고 한 나라가 있었던가. 이건 참으로 무서운 일이다. 심지어 어떤 나라에선 "그것 잘 됐다. 돈 좀 벌었다고 방자하게 까불어 대더니!"하고 쾌재를 불렀다지 않느냐.

한때 신흥 일본을 경제 동물이니 하면서 온 세계가 손가락질을 했다. "이래선 안 된다"며 식자층을 중심으로 깊은 반성의 소리가 나오기 시작했다. 그리하여 일본은 완전히 벗어났다. 그 불명예를 우리가 이어 받은 것일까. 신흥 졸부니

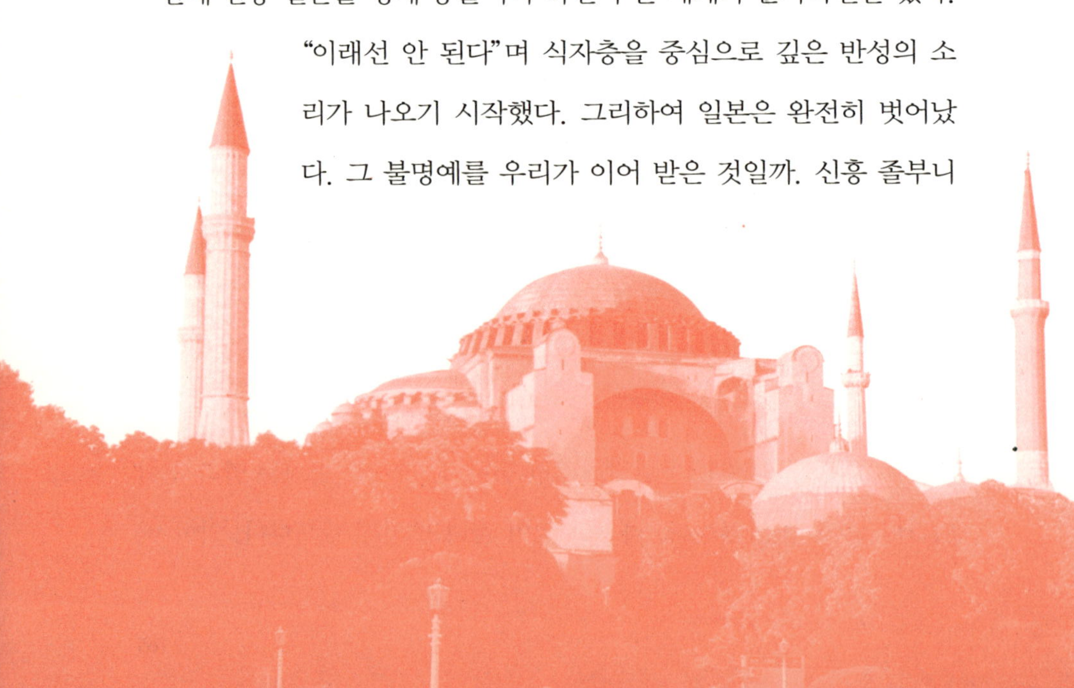

어쩌니 하는 소리가 우리 귓전을 아프게 때리고 있다. 이제야말로 한국의 인정, 한국의 인심, 그리고 깊은 한국 문화를 세계에 알려야 한다. 품격 있는 문화시민으로서의 참모습을 보여 한국의 이미지를 높여야 한다. 그러지 않고는 한국 상품도 안 팔리고 관광 한국도 헛구호 일 뿐이다. 우린 지금 세계를 상대로 교역을 해야 먹고 살 수 있는 나라다.

※

이번 한국 알리기 행사는 그런 의미에서 시의 적절했다. 더구나 전국의 지자체에선 각 분야 최고의 기능 보유자를 보냈다. 출연료는커녕 여비도 자비 부담으로 기꺼이 참여해 주신 이 분들의 정성이 고맙다. 자기 고장은 물론 문화 대사로서의 역할도 훌륭히 해 주셨다.

이제 겨우 첫 발을 내디딘 셈이다. 어렵더라도 코리아 컬쳐 서포터스의 지속적인 활동을 기대해 본다. 잊지 말라. 이건 우리의 생존과도 직결되는 문제다. ■

'주역'으로 떠오른 386에게

386세대도 어느덧 40 안팎의 나이, 그간 이 세대에 대한 평가는 다양했지만 이번 대선을 계기로 우리 사회의 엄청난 변혁의 주도 세력으로 화려하게 부각됐다. 정치만이 아니다. 우리 사회 모든 분야에 대한 혁명적 변화를 예고하고 있다. 이제 우린 이 세대의 동태를 부푼 기대 속에 지켜보고 있는 것이다.

이들은 '승리의 세대'다. 이 변화무쌍한 격변의 시대에 이들은 용케도 언제나 승리의 주역을 맡아 왔기 때문이다.

87년의 6월 항쟁으로 4반세기에 걸친 민주화 투쟁을 승리로 마감했다. 화려한 88올림픽을 치르면서 한국호의 깃발은 하늘 높이 치솟았다. 취업난이라니? 그런 말조차 없었다. 그리고 닥친 경제위기, 구조조정의

한파도 사회 초년생인 이들 세대를 비켜 갔다. 오히려 중고 세대가 물러 간 자리를 메우느라 상승 기류를 타 고 사회 중견으로 자리 잡은 이들의 역동성이 경제위기를 극복해냈다. IT, 벤처 산업으로 침체된 우리 경제 에 활력을 불어 넣었다. 그간 이 세 대가 문화 산업을 주도해 왔다. 모든

CM의 표적이었다. 공연, 소설, 패션, 커피맛까지 이들의 기호에 맞추 어야 장사가 되었다. 그야말로 소비문화의 기수였다. 세계를 놀라게 한 월드컵, 그리고 개혁의 상징으로 젊은 대통령 만들기에 결정적 역할을 해냈다. 앞으로의 국정 5년의 청사진도 그리고 있다.

※

승승장구, 우리 사회의 중심축이 이들 세대로 옮겨 가고 있다.

승리의 세대, 행운과 영광 속에 축복 받은 세대다. 곱게 자라 패배, 좌절을 모르는 세대다. 실은 이 점이 걱정이다. 이게 이 세대의 취약점 이다. 작은 문제에도 절망하지 않고 잘 헤쳐 갈 수 있을지, 자칫 현실 감 각이 없어 이상주의에 빠지지나 않을지. 실전 경험도 그리 많지 않은 소장 교수들이 인수위 주축을 맡고 있는 것도 이 점에서 걱정스럽다.

민주화 투쟁에 피 흘려 쓰러진 선배 시대의 아픔도, 취업난 속에 좌 절의 나날을 보내야 하는 후배의 설움도 모르는, 시대의 행운아다. IT, 벤처, 맨 주먹의 젊은 재벌들, 무슨 일에고 겁 없이 도전한다. 뭐든 할

수 있다는 만능감, 하지만 이게 자칫 화를 부를 수도 있다. 조숙한 실력자, 이들에겐 사회도 국가도 내가 만든 것, 내 마음대로 할 수 있다는 권력의 사물화(私物化) 현상이 나타날 수 있다. 두 대통령의 아들들이 이 '무서운 아이들' 의 대표적 상징이다.

이 점, 386세대가 경계할 일이다. 지금까진 좋았다. 실수를 하더라도 기존의 수구 세력이 튼튼한 버팀목이 되어 주었기 때문이다.

하지만 지금부턴 사정이 달라진다. 이젠 그대들이 주역이요, 주인이다. 비판 세력이 아닌 나라 살림을 맡아 국민의 복리, 안녕을 책임져야 할, '별 인기 없는 주인' 이 되어가고 있다는 사실을 잊지 말아야 한다.

한데, 난 지난 연말에 베트남, 터키를 둘러 왔다. 세계 어디를 가나 온통 이라크전과 북핵 문제로 떠들썩했다. 온 지구촌이 이 문제로 난리인데 막상 귀국하고 보니 한국은 딴 세상 같다. 우리와는 아무 상관이 없는 듯 한가롭다. 촛불 시위에 반미 구호까지.

그럴 수 있는 세대가 부럽기도 하면서 또 한편 겁이 덜컥 났다. 그리곤 불현듯 60년대 후반, 예일대에서 만난 월남 고급 장교 두 분 생각이 떠올랐다. 전쟁이 막바지인데 군사학교도 아닌 이 곳에 유학을 왜 왔을까? 한데 막상 두 분은 태연했다. "그야 당신네 문제 아닙니까? 괜히 미국이 개입해서 문제가 생긴 건데 우리 더러 어쩌라는 겁니까?" 그러니 자기네는 뒷전에서 팔짱끼고 굿판 구경이나 하겠다는 뜻이다. 이러고도 전쟁을 이긴다면 기적이다. 사이공 최후의 날, 마지막 탈출의 순간에 그 두 장교는 어디에 있었을까? 그리고 지금은?

그리고 생각나는 건 어느 역사 학자의 강연 대목이다. 지금껏 일본의 주요 언론에서 본격적 반미 기사를 읽은 적이 없다고 했다. 물론 국소적 마찰이야 있었겠지. 자존심 상할 일도 있었겠지. 하지만 그들은 실리를 위해서라면 지긋이 감내 할 수 있는 냉철함이 있다. 일본 국력이, 아니 자위대가 우리보다 힘이 약해서일까.

"한국에서 그렇게 싫다면, 오키나와만으로 동북아 균형엔 문제 없습니다." 이 한 마디에도, 대학 시절 미군 철수 반대 데모를 외쳐야 했던 필자로선 덜컥 겁이 나는 걸요. 그때와 지금 상황이 달라진 거라곤 없는데, 북핵의 위협 말고는.

이런 저런 걱정들이 수구 보수 세력의 소심 공포증이길 간절히 빌 뿐이다. ■

맏며느리는 인기가 없다

 마침 들른 막내며느리가 깜짝 놀란다. "어머나, 어떻게 찬밥을? 형님은 어디 가셨나요?" 그리곤 밥을 짓느라 호들갑을 떤다. 시어머니가 조용히 방으로 들어가 옷 가방을 챙겨 나온다. "어머님, 어딜 가시려고?" "그래, 더운 점심 해 주는 너희 집에 가서 살련다" "네?"

요런, 발칙한 것 하곤! 그 어머님은 훌륭했다. 다시는 맏동서를 은근히 욕하거나 자기 앞에 알랑거리지 못하게 단단히 가르친 것이다.

살림을 맡아 시부모를 모시고 사는 맏며느리는 인기가 없다. 잘 하면 당연한거고, 못하면 구박이다. 따로 사는 동서들이야 잠시 들러 잘 해 드릴 수도 있다. 형님 살림 잘 못 산다고 입을 삐죽거리고 비판 할 수도 있다.

야당이 인기가 있는 건 그래서다. 더구나 재야 세력은 스타다. 국민의 아픈 곳을 긁어 주고 정부를 비판한다. 정의, 평화, 인도주의자요 극단의 도덕론자다. 민주, 자유, 분배, 민족, 통일, 반전, 반미까지 그들의 목소리엔 힘이 실려 있다. 소외 계층을 옹호하고 상한 국민의 자존심을 회복시켜 준다. 듣기엔 좋다. 명분도 훌륭하고. 대안이야 없어도 된다. 그러다 때론 옥고를 치르기도 하지만 그럴수록 국민의 존경을 받고 인기는 올라간다.

※

국민의 절대적 인기를 업고 이윽고 선거에 압승한다. 불행히 정권을 쥐고 나면 그만 인기가 급락, 기대에 부풀었던 국민을 실망의 늪으로 몰아넣는다. 막상 살림을 맡고 보면 딴 소리를 하기 때문이다. 여야 정권이 바뀔 적마다 "너는 옛날에 안 그랬나" 하고 서로 헐뜯는 것도 그래서다. 우린 외국에서도 이런 예들을 너무도 많이 보아왔다.

본인으로선 곤혹스럽기도 하겠지만, 그러나 이건 당연한 일이다.

이걸 못 견뎌 주인으로서의 변신을 머뭇거리며 계속 재야 시절의 인기에 연연하다 보면 이번엔 나라 살림이 거덜 난다. 남미의 교훈을 잊어선 안 된다.

한자리 하더니 사람이 달라졌다고들 입방아를 찧지만 그럴 수밖에 없다. 오히려 빨리 그렇게 되길 비는 게 나라의 먼 장래를 걱정하는 국민의 바램이다. 비록 초라하고 탈도 많은 집이지만 이제 당신은 이 집의 주인이다. 잠시 지나는 임시 정거장의 과객이 아니다. 전 인생을 걸어야 하는 종착역의 역장이 되어야 한다.

채 주인으로서의 자세가 가다듬기 전이어서 일까. 명분을 쫓다 한미 관계에 상처를 입히기도 했다. 자칫 전쟁의 위험에 떨어야 했다. 그리고 또 한 가지 유념해야 할 것은 정권이 바뀔 적마다 들고 나오는 개혁의 깃발이다. 언제나 용두사미로 그친 개혁 말이다. 이번 정권은 젊고 참신한 개혁 인사들이어서 "이번엔!" 하는 국민의 기대가 어느 때보다 크다. 하지만 그만큼 국민의 불안도 크다는 걸 잊어선 안 된다. 지켜보기에도 아슬아슬하다. 막상 주역을 맡고 보면 뜻대로 잘 안 된다. 관중석에서 내려와 실전의 선수로 뛰어 보라. 그게 어디 뜻대로 되던가. 이걸 자각하는 것도 주역의 몫이다.

어설픈 개혁이 혼란과 곤경으로 국민을 몰아넣곤 했던 기억을 우린 잊지 않고 있다. 개혁 인사와 유능 인사는 다르다. 상수(常數)와 변수(變數)의 역학 관계도 면밀히 점검해야 한다. 파격, 개혁, 서열 파괴 등이 새 정권의 화두다. 하지만 일단 상수를 튼튼히 한 기반 위에 변혁해야 한다는 것 쯤 상식으로 알고 있을 터이다.

개혁에는 언제나 저항 세력이 있다. 이건 굳이 기득권자만은 아니다.

인간에겐 타성이 있어서 새로운 변화에 대해 의식, 무의식의 저항을 하기 때문이다. 인내심을 갖고 설득, 이해시킬 수 있어야 한다. 아니면 조직적인 저항에 부딪쳐 개혁은 미완 아니면 혼란으로 그칠 수도 있다. '네가 그르다' 는 걸 증명이라도 해 보여야 하는 세력도 만만찮다.

단칼에 하려 들지 말고 점진적으로 해야 저항을 줄이고 혼란없이 성공할 수 있다. 상식적인 이야기를 한 번 더 강조하는 뜻을 헤아릴 수 있으면 좋겠다.

지금 우리에게 가장 절실한 건 '경제와 안보' 다. 이건 국민의 생존과 직결되는 문제다. 이것만은 새 정부가 확실히 챙겨야 한다. 명분에 밀려 실리를 놓쳐선 안 된다. 국민이 믿고, 안심하고 따를 수 있게 해야 한다.

주인은 인기보다 신뢰다. ■

'못 찾겠다 태극기'

무척이나 기다렸던 캄보디아의 앙코르 유적지. 그러나 흥분만큼이나 부끄럽기
도 했던 답사였다. 입구에서 부터가 그랬다. 3일 관람권을 신청했더니
현지 안내원이 짐짓 놀란다. 사연인즉, 한국 손님은 거의가 하루권, 그
나마 반나절이면 다 둘러보고 사진 찍고 화끈하게 끝내준다는 것이다.
일본인은 3일 권, 유럽인은 1주일 권을 산다면서 입가에 묘한 웃음을
짓는다. 그게 문화 수준의 차이란 뜻이렷다. 괘씸한 생각이 들었지만
따져 묻진 않았다.

　정글을 한참이나 달린 버스가 선 곳은 앙코르와트. 와! 일단 그 규모
에서 놀라지 않을 수 없다. 세계서 가장 큰 석조 건물이란 설명이 굳이
필요 없다. 그리고 더욱 놀라게 하는 건 가까이서 본 부조물의 섬세함

과 정교한 조각상들이다. 불가사의란 말 이외 달리 표현할 길이 없다. 문제는 보존 상태. 다행히 이 곳은 대체로 상태가 좋았지만 다른 곳의 유적들은 거의 원형을 찾아보기가 힘들 정도로 훼손이 심했다. 400년을 정글 속에 묻혀 있었으니 그럴 수밖에 없다. 타 프롬 사원은 아예 복구하지 않기로 결정했다. 거대한 나무뿌리들이 벽을 뚫어 집은 무너지고 나머지는 마치 악마의 손에 억죄인 모습으로 겨우 지탱하고 있다. 인간의 오만과 무모함에 자연이 반기를 들고 도전하듯 해서 숙연한 마음이 들기도 한다.

※

이 드넓은 유적지에 발견된 사원만도 290개, 세월의 무게에 지금도 붕괴는 진행되고 있다. 고맙게도 이 위대한 인류의 문화 유적을 지켜내겠다는 인간의 의지와 도전 역시 대단했다. 거대한 자연의 힘에 대항하기엔 힘겹긴 하지만 여기저기서 복구 작업이 진행되고 있다.

뜨거운 염양, 바람 한 점 없는 정글 속, 높은 습도, 일년 중 가장 시원하다는 그날 온도는 37°. 이런 열악한 환경과 싸우며 도면을 펼쳐 들고 열심히 현장 지휘를 하는 사람들이 마냥 존경스럽다. 이 고장 사람 같진 않고 어느 나라 사람일까. 현장을 기웃거리는데 옆에 작은 안내판이 보인다. "이 곳 복구 사업은 프랑스에서 담당하고 있습니다" "아, 그랬군!" 그 낡은 안내판에 그려진 프랑스 삼색기가 어쩌면 그렇게도 멋져 보이던지. 저만치 건너편엔 독일 담당 구역이다. 일본, 중국도 구석 자리를 차지하고 있었다. 앙코르 유적만큼이나 나에게 깊은 인상을 심어준 건 복구 현장의 그 작은 간판이었다. 그리고 그 나라 국기. 사라져가

는 인류의 유산을 지켜 내려는 그 진지한 노력 앞에 우린 깊은 감사와 존경을 갖게 된다.

한 나라가 이런 일에 뛰어 들 결심을 하기란 결코 쉽지 않다. 돈만 있다고 되는 일도 아니다. 그 나라의 성숙된 문화 마인드가 있어야 한다. 거기다 고도의 기술, 인내와 정성, 전 인류에 대한 사명감, 우리가 대신한다는 책임감, 이런 것들이 어우러져 이 힘든 사업에 뛰어 들 수 있는 것이다.

하지만 그 보람과 보상은 크다. 온 세계 사람들이 이 곳을 거쳐 가면서 잠시라도 갖게 되는 존경과 감사, 그것만으로도 엄청난 보상이다. 당장 그 나라의 품격이 달라진다. 그 작은 간판이 나라 이미지를 격상시켜 준다. 난 몇 해 전 로마 교황청, 미켈란자로의 벽화 보수를 일본이

하고 있는 현장을 보면서 대단한 감동을 받았다. 경제 동물이니 어쩌니 하면서 시샘을 잘 하던 내 입버릇이 그날 이후 싹 가신 것이다. 국가 이미지 홍보에 이 보다 더 좋은 전략이 또 있을까.

내가 정말 안타깝고 부끄러웠던 건 세계 수많은 유적지 어느 곳에도 태극기 간판 하나가 보이지 않는다는 점이다. 앙코르도 예외가 아니다. 항의라도 하는 기분으로 현장 사무실을 찾았다. 한국? 직원의 태도가 냉담하다. 어쩐지 기분이 섬뜩하다. 놀라지 말자. 복구를 위해 세계 각국에서 기금이 답지하고 있지만 오늘까지 우리는 한 푼도 내지 않았다. OECD국가 중 유일한 나라라는 게 직원의 설명이다. 이런 창피 당하려고 그렇게 기를 쓰고 OECD에 가입하려 했던가. 도대체 세금은 거두어 어디다 쓰고 있는 건지.

❋

귀국길, 호치민 공항에서 전통 문화 학교 김 병모 총장 일행을 만난 게 그마나 위안이 됐다. 외교 통상부, 문화 관광부, UNESCO, 박물관장 등 우리나라 문화 정책 담당자들이 다 모였다. 앙코르 와트를 다녀오는 길이라고 했다. 휴우- 이제나마 무얼 하려나 보다. 다행이다. 하지만 성과는 문전 박대라는 한 마디로 요약했다. 우선 복구는 우리 기술로는 부족하다. 물론 그런데 쓸 돈도, 그럴 생각도 없고, 거기다 ‘이제 와서 뭘 하겠다는 거냐’는 게 그곳의 반응이다. 차려놓은 밥상에 숟가락 들고 덤벼든 꼴이 된 셈이다.

“발굴 사업이라면 우리도 자신이 있지만, 끼워줘야지요” “아이고, 우리 유적도 제대로 못 챙기면서……”

우리 정부의 문화 정책이 오죽했으면 이런 자조적인 말들이 나올까. "하지만 당신네들이 책임자 아니요, 힘내시오. 더 크게 나팔을 부시오. 한 판 할 일이 있다면 한 판 붙자고요." 비행기 대기 시간이 길어지면서 죄 없는 맥주잔만 두들겨 댔다. ■

全州서 선비 한 번 돼보실래요?

밤 9시, 기차를 내리면서 곧장 그 유명한 콩나물 국밥집에 갔다. 따끈한 농주 한 잔에 언 몸이 스르르 풀린다. 배고파도 참고 견디길 잘 했다. 정말 맛 좋다. 옛맛 그대로다.

이튿날 새벽 전주 포럼을 마치고 한옥마을 나들이, 경기전(慶基殿)엔 지금도 조선 왕조의 얼이 퍼렇게 서려있다. 제주도에서 온 선생님들을 만나 함께 한옥마을 들머리, 전통 문화 센터를 찾았다. 연극 기획을 전공한 분이 이 곳 관장을 맡고 있다는 게 아주 신선했다.

전통, 하면 어쩐지 진부하고 정적이어서 특히 젊은이들의 시선을 끌기가 쉽지 않다. 어설픈 한옥보다 건물부터 초현대식, 거기다 동적인 기획, 프로그램, 절묘한 조화다.

마당놀이판에 앉으면 전주 3경이 현풍처럼 둘러 있다. 상설 극장엔 저녁 공연 준비에 벌써 무대가 바쁘다. 한벽루의 전주 정찬을 맛 볼 순 없었지만 은은한 전통차 한 잔으로 아쉬움을 달랜다. 큰 선비나 된 듯해서 기분이 좋다.

그리고 정말 놀랄 일은 바로 옆으로 흐르는 전주천에 쉬리가 돌아오고 있다는 사실이다. 악취로 썩어 갔던 냇가, 지금도 시내를 관통하는 냇물이 이렇게 맑아 질 수 있다니! 이건 시당국의 의지만은 아닐 것이다. 시민 모두의 의식이 바뀌지 않는 한 결코 될 일이 아니다. 전주의 맑은 선비 정신이 부활하고 있는 감동적인 현장이다.

초롱등이 늘어 선 옛길을 따라 어슬렁어슬렁 거니노라니 전통 공예 마을에서 발길이 멎는다. 난 여기서 오래 묵혀 왔던 아쉬움과 불만이 한 목에 해소되는 듯 했다. 사라져 버린 우리의 공예품을 만날 수 있었기 때문이다. 손재주나 솜씨만은 세계 제일이라는 한국민이 아니던가. 한데도 반반한 기념품 하나 찾을 수 없다. 유적지나 절간 입구에 늘어 선 그 많은 상점에서 마음에 드는 기념품 하나 고르기가 쉽지 않다. 외국인과 함께면 더욱 난감하다. 최근에야 인사동을 비롯, 화랑에서 아담한 문화 상품을 내놓고 있지만 이건 또 너무 비싸다. 조잡한 싸구려가 아니면 문화재급의 작품이다. 이렇게 양극화되고 보니 대중화되기가 쉽지 않다. 사서 쓰는 사람이 없으니 더욱 비싸게 되는 악순환이 되고 있다. 생각할수록 분통이 터질 일이다. 도자기, 칠기, 나전, 칠보……. 세계적인 한국 솜씨가 막상 제 고장에선 홀대 받고 이웃 일본에서 꽃이

피고 있다. 오죽하면 우리 시골
부엌에 굴러다니던 조선 막사
발이 일본의 국보로 지정되었
을까. 이젠 김치, 비빔밥까지 위
협 받고 있다. 문화는 그것을 향
유할 안목과 여유가 있는 사람
의 몫이란 게 실감난다. 유홍준

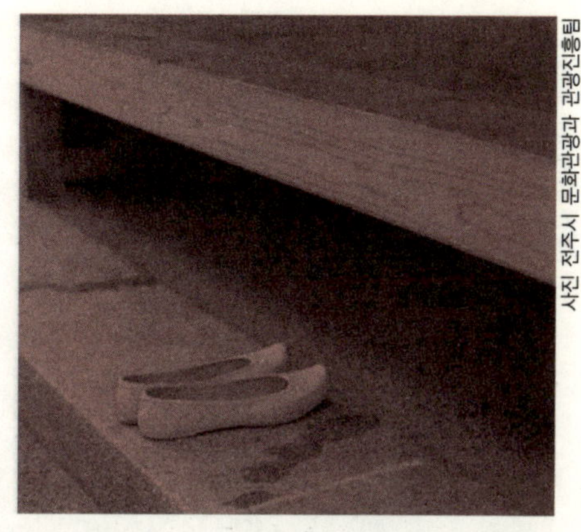

교수의 문화 유적 답사기가 우리 것에 대한 인식을 새로이 하고 우리 안
목을 높이는 데 큰 공헌을 했다. 하지만 우린 아직 우리 것으로 다시 체
질화, 생활화 시키지 못하고 있다. 한복을 입으면 어색하듯이.

청와대 외빈 상에도 물론이고, 명문가라면 품위를 생각해서라도 상
차림에 나전 칠기 쯤 쓸 수 있는 안목이 있으면 좋겠다. 사라져가는 공
예품의 명맥을 잇기 위해, 그리고 백성들의 생활 품격을 한 차원 높이
기 위해.

하긴 문화유산은 지키는 것만으로도 벅차다. 막강 서울의 재력으로
도 북촌 한옥 마을은 애물 단지 같다. 전주도 다르지 않았다. 하지만 여
기엔 현대와의 조화 속에 햇빛이 들고 있다. 한옥 마을 주민들에게 선
비의 긍지를 심고 여기 사는 게 재산상으로나 생활면에서도 득이 되게
할 것이라는, 시당국의 합리적인 기획이다. 이미 그런 조짐이 나타나고
있다.

전통 문화 마당 근처엔 집값이 오르고 전주의 멋쟁이들이 이사 들 채비
를 하고 있다는 것이다. 그리하여 전국에서 찾아 드는 과객(過客)들과의
하룻밤 멋진 친교에서 삶의 멋과 낭만, 큰 즐거움이 넘쳐 나리라.

전주는 도시면서 아늑하고 포근한 느낌을 갖게 한다. 번잡한 도심의 소음, 환락적인 분위기는 거의 없다. 우선 전주엔 사행성 오락이나 도박 시설이 없다. 선비 고을로서의 절조를 지켜야 한다는 게 시장의 의지다.

살림을 맡아 살아야 하는 지자체 장으로선 이건 정말이지 쉬운 일이 아니다. 도박 시설이 안겨 줄 손쉬운 세수원의 유혹을 물리친 시장의 의지가 존경스럽다.

❈

언제 전주를 가보셨나요? 우린 지금 선비 문화 기행을 기획하고 있다. 이름하여 '선비골 봄나들이' 다. 전주엔 축제도 많다. 화려한 잔치도 좋지만 아무래도 선비의 담백한 정신을 음미하기엔 조금은 쌀쌀한 이른 봄이 제격일 것 같다. 음달엔 잔설이, 양지엔 매화 방울이 맺힐 무렵이 좋을 것 같다. 한가로이 한 나절을 어슬렁어슬렁, 저녁엔 전통 공연을 감상한다. 볼거리, 먹을거리, 놀 거리, 살거리가 푸짐하다. 전주비빔밥 한 그릇만으로도 나들이 노자가 아깝진 않을 것이다. 한옥에 하룻밤 과객이 되어 보는 것도 멋을 더 해 줄 것이다. 전통 공연이 끝나면 그 곳 멋쟁이들과의 차 한 잔의 뒤풀이에 벌써 가슴이 설렌다.

선비 고을 전주의 전통과 정체성을 지켜내야 한다. 이곳 하나만이라도 그래야 한다. 전통 한국의 자존심을 위해. ■

# 누가 이 아버지를

한국전 포성 속에 태어난 그는 피난길에서 갓난애 시절을 보냈다. 전쟁은 아버지를 쓸어 갔고 모자에게 남은 건 폐허 속에 굶주림뿐, 어떻게든 살아야 한다는 일념 밖에 아무 생각이 없었다는 그의 소년 시절, 용케도 지금의 회사에 사환으로 취업이 되었다. 죽으라고 일했다. 휴일은커녕, 출퇴근 시간도 따로 없었다. 말이 사환이지 회사의 궂은 일은 도맡아야 하는 잡무였다. 사장 비서역까지 맡아야 했으니 직원들은 그를 부사장으로 불렀다. 모두가 열심히 일한 덕분에 가내공업으로 출발한 회사 규모가 점점 커져 나갔다. 무역부도 생기고 제 2, 제 3 공장이 증설되었고 회사로서의 체제가 갖추어졌다.

한데, 그럴수록 부사장의 입지가 난감해졌다. 그간 회사 배려로 야간

고등학교는 마쳤지만 정식 직급은 아직 계장이다. 그나마도 창업 공신에 대한 예우에서였다.

딸만은 최고로 키워야겠다. 학력, 영어 때문에 설움을 받게 해선 안 되겠다. 무리를 각오하고 조기 유학을 보냈다. 모녀가 떠난 자리엔 공허로움도 남지 않았다. 매달 닥치는 학비 송금에 정신이 없었다. 월급 선불, 빚도 얻어야 했다.

기러기 아빠의 외로움 때문만은 아니었다. 딸의 성장한 모습이 보고 싶어 미국을 찾아 갔다. 반가웠다. 그러나 자기가 생각하는 한국의 딸은 아니었다. "이게 아닌데……". 앞자리 모녀가 영어로 지껄이는 데 뒷자리에 우두커니 앉은 그로선 할 말이 없다. 길을 아나, 영어를 아나, 그는 완전한 이방인이었다. 영어 설움을 딸한테 받아야 하다니, 휴가 기간을 앞당겨 착잡한 심경으로 귀국해 버렸다.

설상가상, 회사엔 구조조정 한풍이 불기 시작했다. 1차 조정에서 겨우 살아남게 되었지만 나간 동료들에 대한 죄책감으로 그의 마음은 무겁기만 했다.

그리고 다음은 누구? 초조, 불안, 직원들

간의 신경전, 모두가 40대 후반의 자기 용퇴를 기다리는 것 같다. 죽을 맛이었다. 하지만 이대로 나갈 수도 없는 딱한 처지다.

배운 것도 없는데 재취업이란 상상도 할 수 없다. 눈 질끈 감고 눌러 있는데 드디어 올 게 왔다.

아! 퇴출이라니! 내 청춘을, 아니 전 인생을 바쳤던 회사인데! 배신감, 분노, 패배감, 창피, 당황, 정신만인가, 영혼까지 황폐화 되어 가는 자신을 추스르기가 힘들었다. 퇴직금으로 빚 청산, 아파트를 팔고 원룸 세를 들었지만 송금 날짜가 되면 앞이 캄캄했다. 딸이 고등학교에 진학하면서 아내가 귀국했다. 아니, 이럴 수가! 전후 사정을 알게 되었지만 아내는 울지도 않았다. 보험 설계사로 바쁜 나날이 시작되었다. 둘의 관계가 전혀 옛날 같을 수 없었다. 밥 짓고 빨래하고 아내 뒷바라지, 그리고 그가 할 수 있는 일은 술뿐이었다. 회사 시절 사업상, 그리고 막중한 스트레스에 쫓겨 마셔야 했던 게 이젠 원한의 술잔이 된 것이다.

＊

그가 정신과를 찾은 건 이 무렵이었다. 50대 초반에 70대 노인이 되어 나타난 것이다. 중증 우울증에 화병이었다. 아무런 의욕도 기력도 없었다.

그러던 어느 날, 미국에서 온 전화. 딸아이가 마약 중독으로 응급 입원을 했다는 것. 병원비는커녕 갈 여비도 없다. 기력도 없거니와 영어도 못하는 그가 가본 들 할 일이 없다. 직장일로 바쁘지만 아내가 갈 수밖에 없었다. 그날 밤 그는 잠을 이룰 수 없었다. 며칠을 굶었던지 응급실에 실려 왔을 때 그는 이미 탈진 상태였다.

거기다 간경화에 간암, 수술도 할 수 없는 최악의 상황이었다. 그리고 그게 이 딱한 아버지의 최후였다.

병실엔 옛 직장 동료들이 놓고 간 주스 몇 병이 그의 쓸쓸한 임종을 지켜봐야 했다. 과로, 과음, 정신적 황폐, 이건 가히 만성 자살이었다.

우리 역사상 굶주려 본 마지막 세대, 죽어라고 일하다 죽어간 세대, 그들에게 40대는 지옥 그 자체였다. 일생을 바쳐 이룩한 회사로부터 쫓겨난 울분과 패배의 세대, 인생 1백년, 겨우 전반전을 마치고 그라운드를 떠나야 하는 미완(未完)의 세대. 모든 사람이 그의 무거운 책임감 하나에 매달려 살면서 비판과 힐책뿐 따뜻한 위로의 말 한 마디 듣지 못한 세대.

그는 갔다. 잘 살아 보자고 앞니 깨물고 뛰었던 그는 갔다.

정녕 이렇게 밖에 보낼 수 없었을까. 우리 모두는 물어야 한다. "아, 누가 이 아버지를?" ■

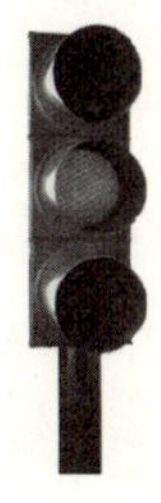

어느 날, 건널목에서

건널목에서 택시를 기다리고 있었다. 보행 신호가 켜지자 사람들은 종종걸음, 8차선인데도 우리 병원 앞 신호등은 언제나 아슬아슬이다. 바쁘게 오가는 사람들 사이로 한 여자 아이가 눈에 띈다. 다리가 불편해 걸음이 느리다. 모두들 다 건널 즈음인데도 이 아이는 아직 중앙선을 넘지 못하고 있다. 보기에도 안쓰럽다. 그때 고등학생쯤으로 보이는 두 아이가 뒤늦게 건너려고 뛰어 든다. 물론 그 아이들의 뛰는 걸음으로는 무사히 건너기에는 문제가 없다. 한데 뒤쳐져 건너는 여자 아이를 발견하곤 아이들이 걸음을 멈춘다. 그리곤 무슨 약속이나 한 듯 한 걸음 쯤 뒤쳐져 여자 아이를 따라간다. 그가 눈치 못 채게 하려는 게 분명해 보인다. 자칫 자존심이 상할 수도 있다. 혹은 자신들의 배려에 행여 부담을 느낄지도 모른다는 생각에서였을 것이다. 아이들의 세심한 배려가 내 마음을 사로 잡는다. 신호는 꺼졌고 다리는 불편하고, 슬슬 차가 움직이는데, 얼마나 불안할까. 인간은 이런 순간 깊은 소외감, 고독감에 빠지게 된다. 이럴 때 함께 걷는다는 건 그 아이의 불편을, 아픔을 함께 나눠 갖겠다는 것이다.

중앙선을 겨우 넘자 신호가 벌써 바뀌었다. 아이들은 손을 들어 운전자의 주의를 환기시킨다.

여자 아이도 안간힘을 쓰는 게 뒤에서 봐도 역력하다. 그 아이는 부축을 필요로 하는 것 같진 않아 보였다. 그저 느릴 뿐이었다. 거기다 오른쪽 어깨에 가방까지 흔들거리니 더욱 힘들어 보였다. 가방을 들어주랴, 남자 아이가 조심스레 손을 내민다.

여자 아이가 고개를 흔든다. 그리곤 몇 걸음 옮기더니 가방을 벗어 준다. 남자 아이가 쑥스럽게 받아 든다.

여자 아이도 지금 쯤 이 남자 아이들이 왜 뜀박질을 멈추고 자기 옆을 '호위' 하고 있는 지를 알아 차렸겠지. 이젠 외롭지도 무섭지도 않다. 그 따뜻한 배려가 고맙다. 가방을 들어 주랴는 호의도 고맙다. 그렇다고 체면없이 벗어 주기엔 미안하고. 하지만 행여 남자 아이가 무안해 하지나 않을까…. 이런 생각들이 바쁘게 오갔겠지.

내게 이 장면은 너무나 아름다웠다. 믿음과 사랑을 나눈 감동적인 순간이다. 아스팔트 정글, 붉은 신호를 건너고 있는 긴장의 순간, 성급한 운전자들이 차마 출발은 못하고 으르렁대는 이런 긴박한 상황에서 이

등서초등학교 송희섭

이 아이들이 다 건너기까지 인내심 있게 기다려준 운전자들도 고마웠다. 누구하나 경적도 울리지 않고 조용히 기다릴 수 있다는 게 참 신기했다. 그들도 이 아름다운 아이들을 지켜보면서 마음 속으로 수채화를 그리고 있었겠지. 신호가 바뀌기도 전에 경적을 울리며 출발하는 한국의 운전 습관으로선 참으로 기적 같은 일이 아닐 수 없다.

'무사히' 건넌 아이들이 가방을 내민다. 여자 아이가 가벼운 목례를 하고 받아 든다. 그리고 서로는 반대 방향으로 돌아서 간다. 저만치 가던 사내 아이들이 뒤돌아본다. 붐비는 차 사이로 잘 보이진 않았지만 잘 가! 하는 아이들의 소리가 들리듯하다.

택시가 내 앞에 멈춰 기다리고 있는 것도 아랑곳하지 않고 난 그 아이들이 시야에서 사라질 때까지 지켜보고 있었다. 어떤 아이들일까? 아! 요즈음 세상에도 아이를 저렇게 가르치는 부모가 있구나. 어떤 사람들일까? 그 아이들의 가정 분위기까지 궁금해진다.

불과 몇 분 사이에 일어난 일이다. 하지만 한편의 아름다운 영화를 보듯 황홀했다. 난 그날 오후 내내 이 생각으로 흐뭇하고 즐거웠다.

요즈음 아이들! 말만 들어도 우린 혀를 차고 고개를 내젓는다. 하지만 주위엔 아름다운 아이들도 많다. 그게 안 보인다면 '요즈음 어른들' 모습은 어떤지 우리 자신을 되돌아 봐야 한다. ■

스키장에서

내가 스키장에 처음 간 것은 거의 40년 전. 그건 한 마디로 고행길이었다. 미국 동부에서 제일 높은 산 워싱턴, 금요일 일과를 마치고 대여섯 시간 밤길을 달려 산 중턱 캠프에 닿았다. 담요 하나씩을 얻어 들고 야전 침대에 겨우 눈을 부치곤 새벽 기상. 팬 케이크 한 조각을 선 채로 아침으로 떼우곤 산행이 시작되었다. 스키장이라더니 이건 등산이었다. 5월 말이라 골짜기엔 눈이 남아 있어 질퍽거리는 등산로를 따라 아침 반나절을 힘겹게 올라야 했다. 겨우 베이스 캠프, 여기서부터 스키복 차림으로 바꿔야 한다. 고생은 정작 지금부터다. 스키를 메고 험준한 정상을 향해 올라야 한다.

난 아예 겁에 질려 오를 생각도 못하고 구경만 할 수밖에 없었다. 물

론 더 이상 오를 힘도 없거니와, 설령 올랐기로서니 가파른 바위 틈 사이를 헤짚고 활강하기란 초심자에겐 가히 자살이다.

　하지만 정상으로 향하는 젊은이들이 줄을 이었다. 한 두 시간은 족히 올라야 한다. 질퍽한 눈길을 헤짚고 힘겨운 등반이다. 이윽고 어느 높이에 오르면 어깨에 맨 스키를 신고 활강이 시작된다. 넘어지지만 않으면 눈 깜짝할 사이에 다 내려온다. 아깝다. 그렇게 힘들게 올랐는데 즐거움은 정말이지 잠시 뿐이다. 고생에 비해 너무 인색한 보상이다. 하지만 내려온 젊은이들은 잠시 휴식을 취한 후 또 그 험한 길을 오르기 시작한다. 구경만하고 돌아 오긴 했지만 내게 있어서 이게 처음으로 해본 스키 경험이다. 해서 난 스키라면 으레 힘들고 고생스럽다는 인상 밖에 남아 있는 게 없다. 잠시의 즐거움을 위해 흘려야 하는 땀과 노력의 시간이 너무 길고 힘들다. 괴로움이 있어야 즐거움이 있는 법, 교육적인 면에선 좋겠다. 하지만 요즈음 스키는 아주 편하다. 리프트를 타

198

고 오르는 젊은이들 모습이 환상적이다. 화려한 의상, 스키를 신은 채 다리를 흔들며 다정한 포즈로 나란히 앉아 오르는 모습은 그 자체만으로 큰 즐거움이다. 이젠 오르는 것도 신나고 즐거운 일이다. 땀 한 방울 흘리지 않아도 된다. 참으로 축복 받은 시대요, 세대다. 오르내리며 오직 즐기기만 하면 되는 스키로 발전, 변모 된 것이다.

이젠 어떻게 하면 빨리, 멋지게 신나게 탈 수 있을까. 그리하여 사람들로 하여금 탄성이 절로 나오게 할 수 있을까. 의상도 최신 유행, 모두가 패션 모델 같이 화려하고 멋있다. 스키 장비도 최고급, 보기만 해도 정신이 아찔하다. 그리곤 유연하고 멋있는 활강, 그런 젊은이들을 보는 것만으로도 즐겁다. 흐뭇하고 기분 좋다.

그런데 내 마음속엔 어딘가 석연치 않은 기분이 드는 건 무슨 까닭일까. 저것만으로는 어쩐지 안 될 것 같은 저항감일까. 고생없이 주어지는 기쁨이 과연 기쁨일 수 있을까. 이래도 괜찮은 건가. 교육이란 이름으로, 아니 인간이란 이름으로.

괜한 걱정인가. 아, 축복받은 세대들의 즐거운 모습을 보는 것만으로 즐거울 수도 있을 텐데. ■

고래 싸움에

새 정부가 들어서면 비판과 견제를 업으로 하는 까다로운 언론도 조용해 진다. 대통령도 내각도 처음 해보는 일이라 실언, 실수가 있기 때문이 다. 해서 나라가 흔들릴 일이 아니면 얼마간의 유예 기간을 주면서 조 용히 지켜본다. 이 기간을 언정(言政)의 밀월 관계라 부르는데 이건 참 으로 바람직한 관례다.

한데 이번은 사정이 다르다. 약혼 시절부터 팽팽하더니 이젠 아주 본 격적인 부부싸움이 된 것 같다. 대통령 스스로 신문의 피해자라고 선언 하고 나섰으니 한판 붙자는 것인지 기자실을 폐쇄하고 기사를 다섯 종 류로 분류, 오보와의 전쟁을 선포했다.

그런다고 신문이 조용할 리가 없다. 그 속성상 그래서도 안 된다. 대

정부 기사의 바탕엔 마치 앙금이 깔려 있는 듯하다. 단순 사실 보도에도 어떤 기분에서 쓰느냐에 따라 독자의 반응은 엄청 달라진다. 아 다르고 어 다르다. 굴줄이나 써 본 사람이 아니라도 신중한 독자라면 이 정도는 누구나 읽어 낼 수 있다. 정부의 작은 실언, 실수에도 과민반응, 마치 기다리기나 한 듯 아주 난도질을 해댄다. 신문이 들어 펄쩍 뛰겠지만 국민의 눈엔 그렇게 보인다. 순진한 국민의 입장에선 불안해 질 수 밖에 없다. 장관이라면 국민을 대신해 뛰는 대표선수다. 활기차게 뛰어야 할 대표 선수가 저렇게 몰매를 맞아서야 무슨 기분으로 뛸 수 있겠어. 응원은 커녕 이 정부를 믿을 수 있을까 하는 의구심 마저 든다. 보통 시민이 접할 수 있는 정보는 신문, 방송밖에 없기 때문이다.

✖

정론지라면 좀 더 대승적 자세로 볼 순 없을까. 명분이 생명인 NGO와는 좀 다른 시각도 있어야 하는 건데. 한 두가지만 보자. 가령 경제 부총리의 SK 사건 당시의 행보만 해도 그렇다. 검찰에 외압을 넣었느니 청탁을 했느니 말이 많았다. 하지만 국내외 미칠 파장을 생각해서 신중한 수사 전략을 부탁한 건 경제 수장으로서 당연히 해야 할 일 아닌가. 당시 검찰의 예민한 정치적 위상을 고려할 때 오해의 소지에도 불구하고 그럴 수 있었던 부총리의 소신이 믿음직스럽고 존경스럽다.

진 대제 장관도 그렇다. 그는 뭐니해도 칩에 관한 한 세계적 수재다. 그리고 그는 세계를 상대로 잘 싸우고 있다. 덕분에 우리의 어려운 90년대 경제 위기를 극복해 내는 데 그 한 사람의 역할은 절대적이었다. 이건 과장이 아니다. 그러느라 문제가 된 자질구레한 일에 신경을 쓸

수가 없었다. 그런데까지 신경을 썼다면 그는 수재가 될 수 없다. 그리고 그 벅찬 싸움을 이겨낼 수도 없었다. 이제 그는 나라를 IT강국으로 만들겠다는 야심찬 결의로 그 직을 수락했을 것이다. 작은 명분에 얽매이지 말고 대승적 자세에서, 그가 신나게 잘 할 수 있도록 입지를 만들어 줄 순 없을까? 이런 시각도 있음직한데…. 그가 보따리를 싸들고 외국으로 떠나는 걸 봐야 직성이 풀릴건지.

＊

요즈음 국민은 불안하다. 전쟁, 북 핵, 물가, 경제, 국론 분열, 거기다 젊은 새 정부의 급진적 개혁론까지. 이런 와중에 언정(言政)마저 서로 으르렁거리니 고래 싸움에 새우등 터지는 꼴이 되어 가고 있다. 서로 흠집을 내고 있는 이런 소모적인 신경전으로선 국익에도 도움이 안 된다. 국민을 혼란스럽게 그리고 맥이 빠지게 만들 뿐이다.

이대로는 안 된다. 앙금을 가라 앉히고 제 자리를 찾아야 한다. 다시 건전한 긴장 관계가 되어야 한다. 결자해지, 하지만 누가 먼저인지 우리로선 알 길이 없다. 그렇다면 강자가 나서야 한다.

대통령부터 풀어야 한다. 대통령이면 할 수 있다. 거기가 어떤 자리인데. 피해 의식부터 털어야 한다. 그런 시각으로선 건전한 비판도 비난으로 들리고 악의적인 인신 공격으로 들린다. 국민의 3분의 2가 보는 주요신문을 대통령이 안 본다니, 그러고도 어떻게 나라를 '다스릴건지' 그것만으로 국민은 불안하다.

　어떤 조직의 장(長)이던 언론과의 관계는 항상 껄끄럽고 긴장 일색이다. 신문을 좋아하는 장(長)은 별로 없다. 그래도, 좀 직설적인 표현을 빌리자면 신문을 '잘 다루어야' 한다. 더 나아가 이를 잘 활용할 수 있어야 한다. 이건 현대사회 공인으로서의 중요한 기능이다. 이걸 못하면 공인으로서의 자질을 의심 받을 수밖에 없다.

　이젠 대통령이 나서야 할 때다. 서로 악수하고 지난날의 앙금일랑 훌훌 털어 버리고 둘이 '사이좋게' 지냈으면 좋겠다는 게 온 국민의 간절한 바람이다. ■

우린 왜 토론에 미숙한가?

나는 평생에 머리 기름 바른 적이 딱 두 번이다. 한번은 장가 가는 날이고, 다음은 미국 병원에서 노사 협의 대표로 간 날이었다. 정장에 넥타이, 그 날은 커피도 못 마시게 했다. 흥분하면 안되니까. 일체의 감정은 집에 두고 냉철한 이성과 논리로 일관되어야 한다. 목소리를 높이지 마라, 상대의 말을 가로 막지 마라, 상대의 입장을 이해하도록 잘 들어라. 공감이 가는 부문엔 인정하라, 상대의 권위를 존중하라, 우리 주장에 무리가 있으면 솔직히 사과하라, 피해 의식을 버려라, 상대의 의견과 주장을 충분히 듣고 인정한 후, 비로서 내 주장을 '조심스레' 펴라. 100% 달성하겠다는 생각은 마라, 손해다 싶은 선에서 절충해라, 절충이 끝나기 전에 먼저 일어 서지 마라.

대충 이런 게 선배로부터 받은 사전 교육의 내용이다. 그리고 이것을 회의 참석한 모든 위원들이 철저히 지켜낸다는 게 참으로 인상적이었다.

우리 노사 회의장은 분위기부터 공격적이다. 점퍼 차림에 띠를 두르고 구호마저 결사 쟁취다. 거기다 서로는 피해 의식으로 잔뜩 성이 난 상태라 쉽게 감정이 격화된다. 노는 노대로 '우리는 혹사 당한다'고, 사는 '너희들이 어떻게 이럴 수 있어?' 다. 이러니 그만 자존심 대결장이 되고 타협은 물 건너 간다. 억지, 오기가 발동하면 그만 흥분, 파경이다.

초조하게 지켜보는 온 국민을 실망시킨다. 대형 사업장일수록 실망은 더하다. 여긴 한국의 간판 기업이요, 우리의 자랑, 우리의 자존심이 아니던가. 이건 그 사업장만의 문제가 아니다. 한국의 경직된 노사 문화가 해외 자본의 발길을 주춤거리게 한다. 기기다 국내 기업마저 해외로 유출, 산업 공동이 더 커지고 있다. 이러다 자라는 후대의 일자리가 걱정이 아닐 수 없다. 이건 그냥 해보는 걱정이 아니다. 해외에 나와있는 한국기업을 보노라면 실감이 난다. 눈앞의 소리에 연연하다 내 아들이 일자리를 못 구한다면? 그 뿐인가, 끝내 그 사업장이 망하면 그 부담은 또 고스란히 국민의 몫으로 돌아온다.

제일 큰 장애물은 뭐니뭐니 해도 감정적으로 되는 데 있다. 내 주장만 하고 남의 말을 들으려 하지 않는다. 삿대질, 우격 다짐, 우리 국회

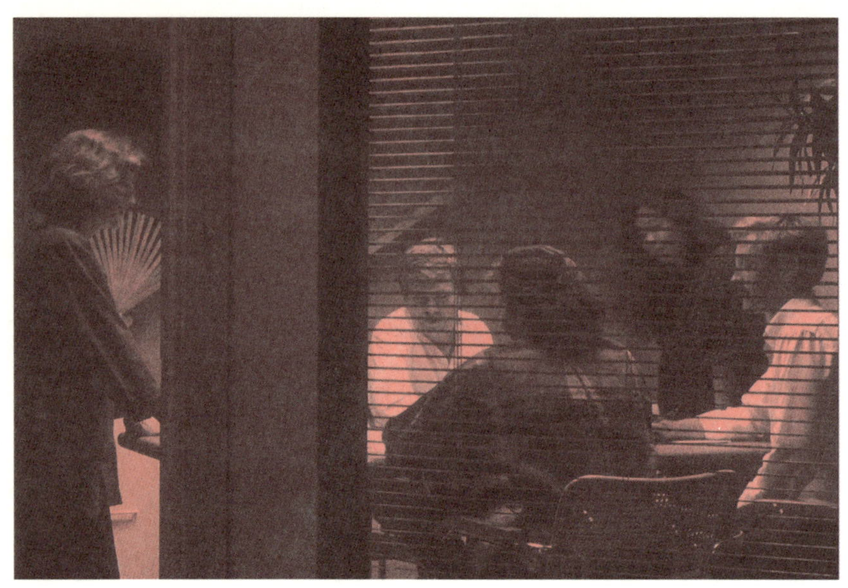

는 그 전형이다. 토론을 통한 절충이 안 되면 다수결이 민주주의 기본이다. 그리고 의결된 이상 싫어도 따라야 한다. 이마저 안되는 게 우리 민주 공화국의 국회다.

고맙게도 노 대통령이 토론을 통한 의견 수렴을 하고자 애쓰고 있다. 워낙 권위주의적 정치 행태에 염증을 느낀 국민들에겐 신선한 충격이다. 그렇다면 이제 청와대 참모들이 유념해야 할 일이 있다. 우선 토론에는 '의원일인 평등의 원칙' 이 지켜져야 한다. 참석하는 모든 사람은 지위 여하를 불문하고 똑같은 권리와 책임을 갖는다. 그러나 지난 번 평 검사와의 토론은 좌석배치에서부터 기본을 벗어났다. 그리고 뒷 줄에 말없이 앉은 검사들. 다리 펼 테이블, 팔걸이도 없는 의자에 혼자 앉은 여성 장관, 이걸 생중계 하겠다는 발상, 그리고 끝난 후 누가 득을 봤느니 하는 자평까지, 씁스레한 기분을 지울 수 없다.

토론이란 나와는 다른 의견이 있다는 걸 인정하는 자리다. 한데도 우

린 나와 의견이 다르면 마치 인간적 공격을 받는 것처럼 흥분한다. 배신감까지 든다,

물론 토론 외적인 문제로 시비를 걸거나 상대의 감정을 일부러 자극하는 건 비열한 짓이다. 그리고 제한된 시간에 자기 주장만 장황하게 펴는 건 폭력이다. 토론의 목적은 절충과 타협을 위해서다. 거기엔 완승도 완패도 없다. 때론 자기 주장을 철회하고 상대를 받아 들이므로서 더 존경을 받는다. 그게 진정한 승자다. 어떤 경우에도 오직 나만이 옳다는 주장은 독선이다. 여기엔 어떤 신념이나 이념, 종교, 가치관에 이르기까지 예외가 없다. 그걸 못해 우린 얼마나 많은 갈등과 마찰, 그리고 피까지 흘려야 했던가. 지금 우리 사회는 파병 문제로 온 나라가 토론장이다. 여기까진 좋다. 단 자기 주장 관철을 위해 협박이나 물리적 동원은 안 된다. 토론은 말로 하는 것이다. 다르다는 걸 존중하고 그러면서 전체적인 조화를 이룰 수 있는 모자이크 사회가 되어야 한다. ■

이것만은 몸에 익혀야

터키에서다. 시내 버스를 탔는데 앞 좌석 학생 둘이 벌떡 일어나 좌석을 양보한다. 외국 여행자가 꽤나 피곤해 보였던 모양이다. "고맙네!" 자리에 앉아 아이들을 쳐다보니 참 닮았다. 형제였으니까.

아이들은 선 채로 아까하던 이야기를 계속하는 것 같다. 조용히, 속삭이는 말투로 대화하는 게 정말 신기했다.

어떤 집 아이들일까? 그 집 안방이 눈에 선히 떠 오른다. 엄한 규범이 살아 있는, 그러면서 따뜻하고 평화로운 분위기다. 상상만으로도 흐뭇하고 즐겁다. 말은 안 통하지만 정이 가는 아이들이다. 이런 기분은 참 오랜만이다. 아니 어쩌면 내 나라에선 이미 사라져 버린 건 아닌가 하는 생각에 몸이 오싹해진다.

우리 아이들은 너무 시끄럽다. 너무 부산스럽다. 쌍스런 말투하며 욕지걸이까지. 차안에서 대합실, 식당이라고 예외가 아니다. 사색은커녕 책 한 줄 읽을 수 없다. 모든 사람을 짜증스럽고 불안하게 만든다. 누가 있던 말던 상관않는다. 남의 기분을 배려하는 기색조차도 찾아 볼 수가 없다.

불한당 무리다. 그리고 혼자일땐 휴대폰으로 아주 난장판을 만든다. 창피한 이야기도 막 떠들어 댄다.

이러니 교실 붕괴란 소리도 나오게 된다. 이래서야 무슨 수업이 옳게 진행이 되겠어? 선생님들도 '조용히!' 하기엔 지쳤는지 듣던 말던 시간만 떼우고 나온다니 이게 무슨 학교냐.

하긴 이건 우리 아이들만의 문제는 아니다. 대학 캠퍼스도 그 찢어지는 스피커 소리에 넋이 나간다. 여기서 무슨 사색이며 연구냐. 이 지구상에 이런 대학 캠퍼스는 없다. 시장에 난장판같다.

생활 소음도 만만찮다. 우린 정말이지 때와 장소를 가리지 않고 막

떠들어 댄다. 외국 호텔 로비, 승강기 안에서까지 아주 전천후다.

오죽하면 한국 단체 손님 거절이라는 팻말을 호텔에 붙여 놓았을까. 창피하다. 세계 어딜가나 어글리 코리안이라고 욕을 먹는 것도 우리가 너무 시끄러워서다. 이게 우리의 결정적 취약점이다.

 출세도 성공도 이런 인품으로선 가망이 없다. 행여 아이 기 죽일까, 특히 엄마는 꾸중 한 번 못한다. 천만에다. 공공장소에선 기가 죽어야 한다. 그래야 세계 시민으로서, 그리고 인간 대접을 받는다.

※

이것만은 철저히 가정에서 가르쳐야 한다. 결혼하고 아이를 낳는다고 가족이 아니다. 서로 의지하고 사랑하고 믿고, 그리고 가장 기본적인 예절을 가르쳐야 비로서 가족이다. 공공장소에서의 매너는 인간으로서의 갖추어야 할 기본 중 기본이다.

그리고 이런 좋은 습관은 어릴 적 가정에서 가르쳐야 한다. 이게 부모로서 아이에게 줄 수 있는 가장 큰 선물이요 축복이다. 왜냐하면 그것만으로 이 아이는 주위로부터 칭찬, 존경을 받을 수 있기 때문이다. 이 보다 더 좋은 성공에의 무기도 없다.

조용히 해야 한다는 걸 학교 선생이 가르칠 순 없다. 이것쯤은 집에서 가르쳐 내보내야 한다. 그게 부모로서의 신성한 의무요 책임이다. ▪

사진 동아일보

참사로 끝난 자포자기 '복수극'

또? 이젠 비명도 나오지 않는다. 칠흑 같은 어둠 속에서 얼마나 당황했을까. 그 최후의 순간들을 생각하노라면 가슴이 찢어진다. "엄마, 문이 안 열려. 사랑해…." 휴대전화에 남은 아이의 마지막 목소리, 평생의 한으로 부모 가슴에 못 박힐 것이다. 전 국민은 아직 유족들에게 위로의 말조차 할 수 있는 경황이 아니다.

참으로 어이없다. 영문도 모른 채, 아무 죄도 없이 그들은 갔다. 그렇다. '아무 죄 없이', 불특정 다수를 겨냥한 범행이 너무도 어이없음은 바로 이 점이다.

정말 기가 막힐 일은 아무런 동기도 없이 그냥 해보는, 소위 무동기 범행이다. 아무런 이유도, 동기도 없이 그냥 총을 난사한다. 이런 유형의 사람은 대개 정신병 환자거나, 아니면 중증 경계성(境界性) 인격 장애인이다. 불행히도 이들은 평소 생활은 그럭저럭 잘 하고 있어서 얼른 보기엔 큰 문제가 없는 것처럼 보인다. 그러나 사소한 일에도 끔찍한 폭발을 한다. 화약을 메고 다니는 사람이다.

�֍

그 다음 유형이 '원한'에 찬 사람의 복수극이다. 요즈음 온 세계를 공포에 떨게 하고 있는 자살 테러는 그 전형이다. 물론 이런 경우는 치밀한 계획 아래 조직적으로 행해지는 게 특징이며 목표도 특정 집단이다.

그러나 개인 원한에 의한 자포자기형 복수극은 특히 한국인에게 그런 경향이 강하다. 우리는 설움을 잘 타기 때문이다. 자신의 잘잘못은 생각도 않고 오직 남들과 비교해서 상대적으로 불우한 처지에 놓이게 되면 쉽게 설움을 타는 게 우리 한국인이다. 그래서 나보다 나은 주위 사람이 모두 미워진다.

자기를 무시하고 괄시하는 걸로 생각한다. 물론 피해의식도 가세한다. 원망을 하게 되고 이를 간다. "두고보자"는 복수심으로 불타 오른다.

✖

10여년 전 서울 여의도광장에서 자전거들을 향해 자동차가 질주한 사건은 돈 없는 설움에서 비롯됐고, 대구 나이트클럽 방화 사건은 자기를 무시한 데 대한 앙갚음이었다. 이번의 방화는 신병과 장애로 인한 설움으로 자포자기형 동반 자살을 기도한 사건이다. "혼자 죽기는 억울해 많은 사람과 함께 죽고 싶어서"라는 게 그의 변이다. 그로선 이상 더

버틸 수도 없는 막다른 골목까지 온 절박한 상황이었을 것이다. 세상이 원망스럽다. 병은 깊어가고, 살긴 더 힘들어지고, 그에게 우울증은 필연이다. 누구도 자신의 딱한 사정을 알아주는 이가 없다. 아무리 외쳐봐야 소용없는 무력감, 가족에게 더 이상 부담이 되고 싶지도 않고, 이제 남은 선택은 그리 많지 않다.

원망스러운 세상 "너 죽고 나 죽자"는 게 그가 택한 최후의 선택이다. "나를 좀 알아줘, 나를 좀 봐 달라"는 참으로 절박한 절규다. 물론 여기엔 한국인 특유의 응석 심리도 작용하고 있다. 한국의 정에 호소하고 있는 것이다. 그러나 메아리도 없는 소외감에 그는 절망한 것이다.

그리고 그의 심리 저변엔 비슷한 처지의 사람을 대변하는 의미도 있다. 물론 이런 심리는 테러에서처럼 강렬하진 않다. 테러는 자신을 희생함으로써 사회정의를 구현한다는 확신범의 일이다. 이들에겐 나름의 당당한 논리가 있다. 물론 이번 사건을 그런 시각에서 보긴 힘들지만 그가 의도했든 아니든, 그런 개연성을 부인할 수 없다. 실제로 사건 이후 많은 사람을 아프게 하는 건 지체부자유자에 대한 우리 마음 자세다. 우리의 무관심이 이 사건을 만든, 어쩌면 우리 모두가 공범이라는 양심의 소리다. 좀 더 따뜻이, 사랑으로 감싸 안고 장애인의 불편을 조금이라도 덜어야겠다는 의지가 얼마나 있었던가.

사람이 모이는 곳이 어디 지하철뿐인가. 그런데도 범행 장소를 굳이 지하철로 잡은 것도 장애인의 바탕에 깔린 심경의 표현이다. 장애인에게 지하철은 그림의 떡이다. 설계에서부터 약자에 대한 배려가 너무 인색하다.

❋

한국 사람은 설움을 잘 탄다. "너는 너고, 나는 나고" 하는 서구의 개인주의 사회에선 '설움'이란 말도 없고 개념조차 없다. 또 설움을 준다고 타지도 않는다. 하지만 우리는 설움덩어리다. 우리가 나보다 못한 이웃에 관심을, 사랑을 아끼지 말아야 하는 이유가 여기 있다.

이것이 설움에 겨워 원한에 쌓여 저지르는 복수극을 예방하는 길이다. 전국의 부모들에게 다시 한번 부탁드리자. 아이들에게 인성교육, 인간교육을 제대로 시켜야 한다. 그리하여 건전한 인격의 소유자로 키워야 한다.

지난번 서울대의 연구보고는 충격적이다. 우리 20세 남자의 45%에서 인격의 이상 징후가 있다는 것이다. 상식으론 납득이 안 가는 범죄, 세상을 깜짝 놀라게 하는 범죄의 대부분이 이들 인격 결함자의 소행이란 사실을 명심하자. ■

# "오르다 힘들면 쉬어가시지요"

은메달을 따고도 억울해서 우는 건 한국 선수 밖에 없다. 외국 선수는 감격해서 운다. 따지고 보면 금이나 은이나 그 분야 최강이다. 그런데도 우린 선수도 국민도 오직 금메달이다. 그것도 올림픽에서 따야지 아시안 게임이면 벌써 시큰둥이다.

우린 아주 일등 집착증에 빠져 있다. 이번 우리 연구소에서 조사한 세계 일등 연구에서 모두들 깜짝 놀랐다. 무엇보다 지난 올림픽을 기점으로 목표가 아시아에서 세계 일류로 바뀌었다는 점이다. 아시아 제일로는 만족 할 수 없고 이젠 세계다. 희망 사항으로 되어 온 그 꿈이 월드컵을 계기로 확신으로 바뀌어 가고 있다. 이것만으로도 엄청난 변화다. 그리고 실제 조사에서 세계 일등이 적지 않았다. 반도체, 차, 휴대폰,

고속 인터넷……. 세계 정상이 줄줄이 정복 되어 가고 있다. 불행히 그 중엔 술, 청소년 흡연 등 나쁜 것도 적지 않다.

✳

어쨌거나 이제 우리의 목표는 세계 정상이다. 그렇다면 진짜 싸움은 지금부터다. 세계 강호들을 상대해야 하는 힘든 등정이다. 우린 이미 무역 물동량만으로는 10위권이다. 이젠 질이다. 그리고 경기 규칙도 글로벌 스탠더드에 맞추지 않으면 안 된다. 소위 '시장 원리'에 따르는 기본부터 몸에 익혀야 한다. 이건 어떤 정치 논리로도 왜곡되어선 안 될 철칙이다. 이런 기본마저 잘 지켜지고 있지 않은 한국적 풍토에서 이만큼 이루었다는 건 가히 기적이다.

하지만 시장 원리란 참으로 무서운 괴물이다. 이건 약육강식의 원리이기 때문이다. 오직 강자만이 살아남는 무한 경쟁을 의미하기 때문이다.

가진 자와 못 가진 자, 강자와 약자 사이엔 큰 균열이 생겨나고 있다. 우리 사회도 이미 그런 조짐이 나타나고 있다. 수억, 수십 억대 연봉자가 있는가 하면 기본급도 못 받는 계층이 있다. 이게 시장 원리의 함정이요, 우리 사회가 풀어야 할 새로운 갈등 구조다. 한국민의 전통적인 평등의식으로선 받아들이기가 쉽지 않다. 하지만 이게 세계 시장의 경쟁 원리라면 냉철한 이성으로 이를 인정, 수용, 그리고 정서적으로 소화해 내지 않으면 안 된다.

지금이야말로 선현들이 가르친 지족(知足) 의식을 일깨워야 할 때다. 자기 실력대로 분수를 지켜 살아야 하는 슬기가 있어야 할 때다. 우린 그간 '잘 살기 위해' 마냥 위만 보고 달려 왔다. 지난 40년에 GNP가 400배로 뛴 나라는 이 지구상에 유례가 없었다. 이런 고공비행에서 지난 번 경제 위기는 충격이라기보다 공황 상태로 몰아넣었다. 이럴 수가? 하지만 우린 강했다. 허리띠를 졸라맸다. 그리고 오뚝이처럼 다시 일어섰다.

돌이켜보면 지난 경제 위기는 우리에겐 참으로 소중한 교훈이었다. 목표 고지를 향해 우린 너무 서둘렀다. 그러느라 무리도 빚고 억지도 부렸다. 기초가 부실했으니 무너질 수밖에. 하지만 그만하기 다행이다. 더 높이 올랐다 무너졌다면 남미처럼 아주 회복 불능 상태로 주저앉게 되었을 지도 모른다.

지금 가진 것만으로 감사하고 만족할 순 정녕 없는 것일까. 모자람을 아는 슬기가 우리에게 모자라지 않는지도 한 번 물어보자! 어디 물질적인 것 만이랴. 이렇게 살아 있다는 것, 건강한 다리로 움직인다는 것, 이것만으로도 얼마나 고마운 일이냐.

✳

때론 올라온 길을 내려다보기도 하자. 욕심만큼 못 오르긴 했지만 그래도 이만큼 올라 온 게 대견하지 않으냐. 야위고 허기진 몸으로! 굽이

굽이 힘든 일도 많았다. 돌아보면 가난하고 어려웠던 시절, 아, 그러나 소중하고 아름다운 기억도 없진 않으리라.

그래, 잠시 쉬어가자. 작은 여유를 갖자. 발 아래 경치도 내려다보고, 앙증맞게 핀 꽃, 개울물, 새들의 지저귐도 들어보자.

서둘기만 하는 사람에겐 이 작은 행복이 느껴 질 수가 없는 법이다. 이번 연말에 법정의 '무소유' 를 읽어 보길 권하고 싶은 소이가 여기 있다. 홀로, 산골 움막에서도 넉넉하고 풍요롭게 사는 슬기를 배워보자.

정상에 선 서구 선진국들은 벌써 풍요의 독감에 걸려 기침을 콜록이고 있다. 성장의 한계를 진지하게 논하게 된지도 한참 되었다.

그래도 우린 정상을 향해 올라가야 겠지. 단 차분히, 정도를 따라 오르자. ■

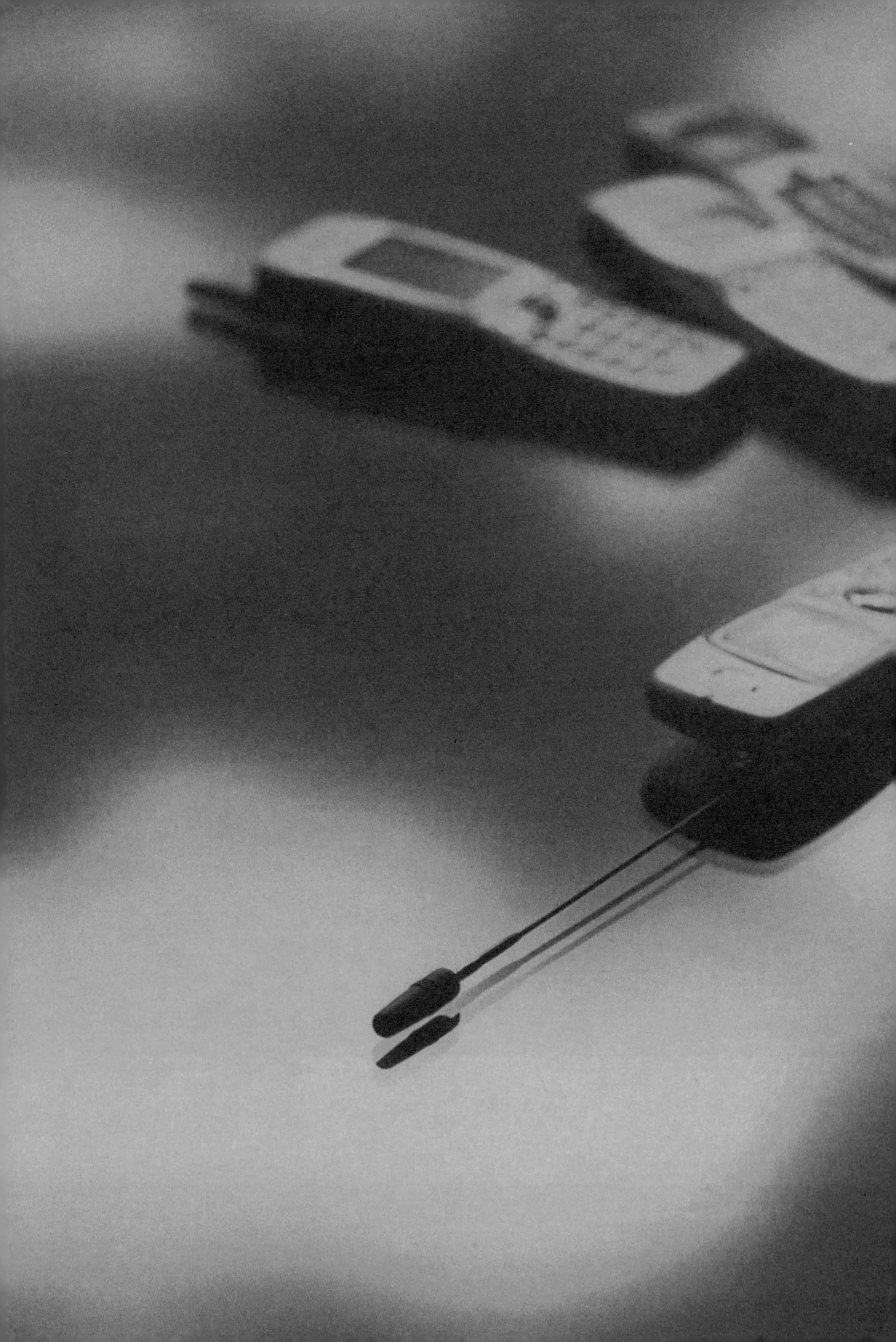

휴대전화 가진 사람 존경스럽소

언젠가는 폭발하고야 말 것 같다. 이 짜증스런 휴대폰이 내 인내력의 한계를 시험하고 있다. 드디어 그 날, 정확히 4월 2일, 1시 서울 발 경부선 새마을 열차 특실, 저 앞자리 그 여자의 휴대폰 통화는 정말이지 사람을 미치게 만들고 있었다. 족히 15분을 떠들어 대고 있다. 상당히 떨어진 뒤쪽 내 좌석까지 들렸으니 온 기차칸이 피해권이다.

막 점심을 끝내고 모두들 낮잠 들 무렵이었으니 그 짜증이 더 했으리라. 한데도 누구 한 사람 불평이 없다. 급한 원고를 다듬느라 머리가 복잡한데 그 여자의 금속성 굉음이 계속 내 생각을 흐트려 놓곤 한다. '아휴, 저걸 당장…' 거의 폭발 일보 직전, 드디어 열차 직원이 지나간다. "이봐요!" 깜짝 놀란 건 지나가던 직원만이 아니었다. 모든 손님이 내 쪽

을 돌아본다. 하긴 내 고함소리에 나도 놀랐다. "저 앞에 여자…" 내가
설명도 하기 전에 근처 사람들이 앞 쪽을 손가락질 하며 성토를 한다.

✻

후유! 안심이 되긴 했지만 순간 난 완전히 이성을 잃고 있었던 게 부
끄러웠다. 언젠가는 이럴 줄 알았다. 문제의 여인은 밖으로 쫓겨나고
차 안은 다시 조용해졌다. 하지만 내 기분은 영 찜찜하다. 모두들 그렇
게 짜증이 났으면서 왜 한 마디 하지 않았을까.

우린 왜 자기 권리 주장에 이렇게 주저할까. 자칫 봉변을 당할 수도 있
기 때문이리라. 남이야 어떠하던 제멋대로 떠들어 대는 위인치고 고분고
분 하질 않을테니까. 해서 참을 수밖에 없다. 조급한 성격의 한국인으로
선 대단한 인내심이다. 하지만 그러다 폭발이나 한다면 큰 싸움판이 벌
어질 수도 있다. '휴대폰 살인'이 안 나란 법도 없다. 공중전화 오래 쓴다
고 기다리다 못해 살인극까지 벌인 관록이 있는 우리가 아니던가.

중요한 회의에도 벨이 울린다. 거의 모든 사람들이 자기 것인지 확
인하느라 가방을 뒤지는 모습은 참으로 가관이다. 제법 괜찮은 사
람들이다. 이게 한국 사회 저명인사들
의 의식수준이다. 도대체 이런 자세로 무
슨 회의를 하겠다는 건지 한심하기 그지 없
다. 전화 주인공이 "미안합니다" 고개를 끄덕
이곤 입을 가리고 조용히 통화를 하지만 일
단, 회의는 중단이다. 그뿐인가. 겨우
들릴 듯한 그의 말에 더욱 귀를 기울이

게 된다. 아무리 무시할래도 안 된다. 겨우 끝나 회의가 재개되지만 아까와 같은 흐름이 전혀 아니다. 분위기부터 썰렁, 샘솟듯 나오던 아이디어가 그만 얼어 붙는다. 직업상 난 이런 황당한 경우를 자주 경험하게 된다. 분위기가 한창 고조된 강연장에 갑자기 벨이 울리면 이건 아주 결정타다. 청중은 일제히

소리나는 쪽을 쳐다 보게 되고 순간 강연장엔 이상한 기운이 감돈다. 영 맥이 빠진다. 김이 샌다. 다시 무드를 잡기 까진 한참이 걸린다. 사회자가 그렇게 애원을 했건만.

공연장, 비행기 안에서도 마찬가지, 이런 어처구니는 내 진료실이라고 예외가 아니다. 서럽게 목 메여 울던 환자의 벨이 울린다. 전화기를 꺼내 들더니 만면에 웃음을 짓는다. 너무 어이가 없어 나도 모르게 웃음이 터진다. 이게 조금전까지 그렇게 서럽게 울던 사람인가. 어쨋거나 끝날 때까지 멍청하게 기다릴 수밖에 없다. 당장 쫓아보내고 싶지만, 다음 순간 '이러니 나한테 왔겠지' 내 마음을 달래면서 기다린다. 이윽

고 통화가 끝나면 웃음은 사라지고 다시 울기 시작한다. 마치 수도꼭지 틀 듯 감정 조절이 자유자재다. 이런 재능을 가진 사람이 왜 나를 찾아왔을까. 그 이후 난 환자가 무슨 이야길 하던 잘 경청이 되지 않는다. "아까 그 사람한테 전화 한 번 더 하시죠?" "네?" 깜짝 놀라 쳐다본다. 어이가 없는지 환자도 웃는다.

몇 해 전 나도 휴대폰을 가져 본 적이 있다. 하지만 이게 영 할 짓이 아니었다. 이건 아주 폭력이었다. 벨이 울리는 순간, 깜짝 놀라는 건 그렇다치고 내 생각을 막무가내로 방해한다. 내 사고의 흐름을 단절시키고, 내 자율성을 속박, 마치 결박이나 당한 듯 숨통이 거북했다.

지금 내 형편을 그가 알 수가 없을테니 걸려 온 전화에 성을 낼 수도 없고. 내 짧은 인내심으로선 하루를 못 지녀 포기하고 말았다. 이런 걸 다 감수하고 휴대폰을 갖고 다니는 사람이 마냥 존경스럽다. 표창을 하자는 뜻은 물론 아니다. 다만 이 이야길 길게 쓰는 건 휴대폰 자격증 제도라도 있어야 한다는 생각에서다. 살인이 나기전에. ■

대우는 살아 있다

대우의 붕괴는 충격이었다. 많은 기업들이 뜨고 지고 했지만 대우의 종말은 모든 국민에게 너무 큰 상처를 안겨 주었다. 대우의 성장 신화는 한국 근대화와 궤를 같이 해 왔기 때문이다.

"세계는 넓고 할 일은 많다"이 한 마디로 상징되는 대우의 기상은 우리 젊은이들에게 꿈과 희망에 부풀게 했고 세계를 향한 호연지기에 불을 지폈다. 그런 대우가 무너지다니, 아깝고 억울하고 밉기까지 했다.

하지만 어쩌랴, 잊혀져 가던 대우가 내게 새로운 의미로 다가온 건 해외에서였다. 아프리카, 남미, 동구, 지난 몇 해 내가 둘러 본 지구촌 구석구석에 대우는 살아있었다. 그 곳 사람들의 대우에의 신뢰와 사랑은 대단했다. 아, 여기까지! 대우맨들이 흘린 피와 땀을 피부로 느낄 수

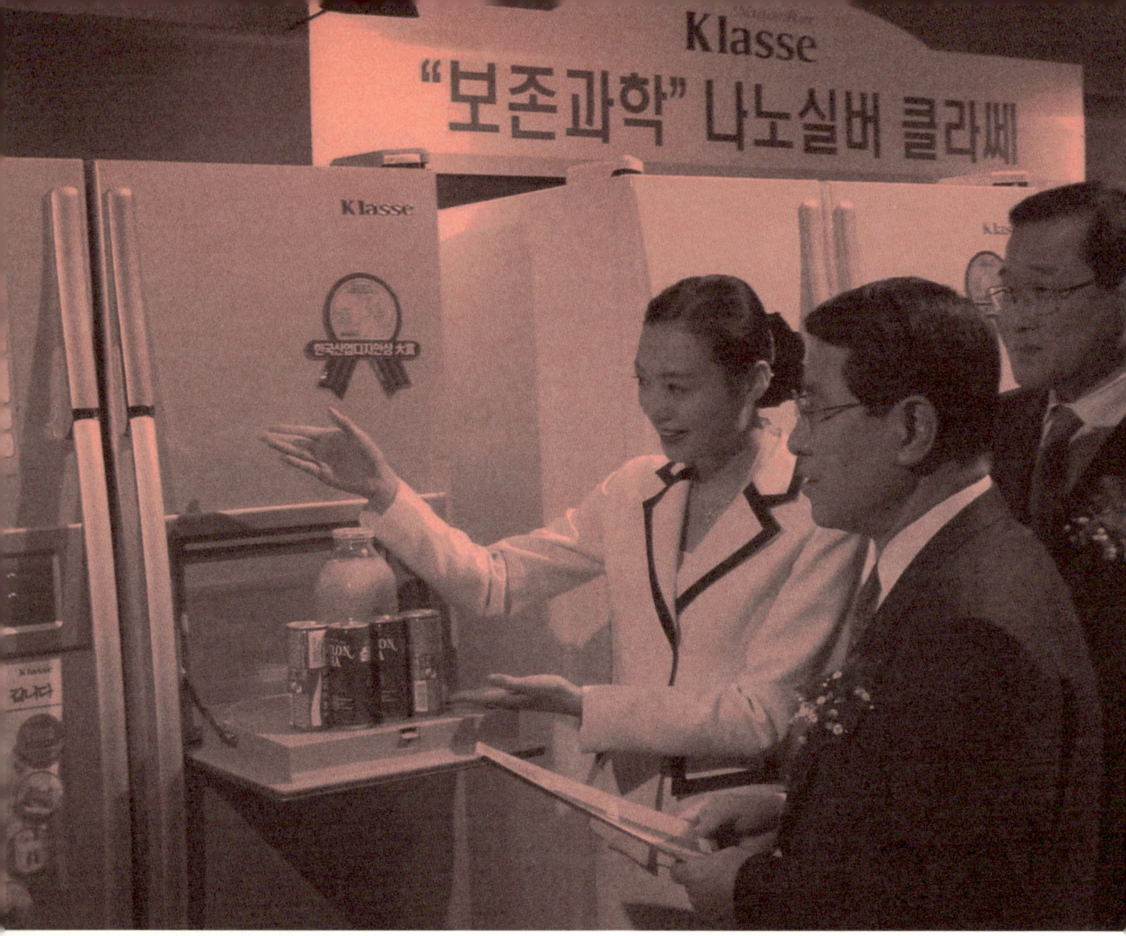

있었다. 그러나 그 뿐, 거기도 대우는 서서히 빛을 잃어가고 있었다. 너무 가슴이 아팠다. 그리고 아까웠다. 이것도 국력인데, 이대로 주저앉게 내버려 두기엔 너무 아까웠다.

국내에서도 어쩌다 보게 되는 대우 간판이나 기사도 흩어진 패잔병 모습처럼 처연했다. 서울 역전의 웅장한 대우 빌딩도 어쩐지 힘이 없어 보인다. 이게 나만의 감상은 아닐 것이다.

한데 지난주 대우로부터 강연 청탁을 받았다. 대우라니? 이게 몇 해 만인가. 대우가 있었구나. 모든 스케줄을 물리치고 달려갔다. 폭우 속을 달려간 무주 구천동, 나는 마냥 흥분에 들떠 있었다. 대우 일렉트로

228

닉스와 그 협력업체 모임이었다. 워크 아웃 4년, 대우 전자가 이름도 바꾸고 환골탈태, 올 상반기 처음으로 엄청난 흑자를 기록하고 있다. 정말 기분 좋은 밤이었다. 우린 밤새 어깨 동무하고 춤이 절로 나왔다.

그런 흥분 속에도 내 머리를 맴도는 의문, 도대체 이 기적의 부활이 어떻게 가능했을까. 온 국민을 초조와 불안에 떨게 했던 격렬 시위, 모 그룹의 공중 분해, 워크 아웃. 이런 악 조건 속에 어떻게 그런 기적이?

"그러기에 가능했습니다." 사장의 설명이다. 네? 의아해하는 내 얼굴은 쳐다 보지도 않고 그의 말은 이어진다. "노사는 물론이고 협력 업체까지 오직 '인내와 양보'로 이루어진 개가입니다. 우린 국민에게 큰 빚을 지고 있다는 생각을 한시도 잊은 적이 없습니다. 5조나 들어 먹은 처지에 무슨 요구를 더 할 수 있겠습니까. 거기다 상한 자존심, 대우를 바라보는 국민들의 차가운 시선, 이게 가장 견디기 힘들었던 고통이었습니다." 이대로 무너질 순 없다. 오기도 발동했다. 대우는 결코 죽지 않는다는 걸 보여야 한다. 이게 부활의 원동력이었다.

지금도 대우 이름으로 건재하고 있는 7~8개 기업의 사장이 모두 대우 출신인 것도 그래서다. 노사가 따로 없다. 모두가 대우를 살려야 한다는 한 마음이다. 끝없이 계속되어 온 구조 조정, 임금 동결, 무 분규, 무 협상, 회사를 믿고 모든 걸 회사에 일임한 것도 대우 스피릿이 바탕에 깔려 있었기 때문이다. 불량율 제로, 흑자 속에도 비용 절감을 위해 비상 경영 체제를 들고 나온 것도 노조였다. 재고가 쌓이면 근무를 마친 사원들이 광고 전단지를 돌린다. 일 손이 모자르면 사원 가족이 메워준다.

사원들의 진지한 자세는 회사밖에 까지 감동을 시켰다. 적자 행진 속에 협력 업체들도 참고 기다려 주었다. 지자체, 은행도 대우의 피나는 노력에 감동, 할 수 있는 모든 지원을 아끼지 않았다.

"저는 지금도 악역을 맡은 수장입니다. 제가 부임한 지난해부터 간부의 반, 직원의 25%, 1,200명의 사표를 또 받아야 했습니다. 조용히 돌아가는 뒷모습을 지켜봐야 하는 사장의 심경을 이 세상 누가 헤아릴 수 있겠습니까." 뚝뚝한 그의 눈가에 이슬이 맺힌다. "차라리 옛날에 성난 노조로부터 화형식을 두 번이나 당했던 시절이 마음 편했습니다."

정도 경영, 원칙만을 고집해 온 사장, 이제 그것만이 살길이라는 공감대가 형성되었다. "올해는 보너스까지 듬뿍 줄 겁니다. 이대로라면 떠난 가족들이 돌아올 날도 멀지 않겠지요." 밤비 내리는 창문을 치는 그의 두 주먹에 힘이 실려 있다. 대우의 힘이!

이런 회사가 망한다는 게 오히려 기적이다. 대우의 부활은 결코 기적이 아니었다. 대우야 외쳐라, 세계를 향해. 대우는 살아 있다고. ■

나만의 개성으로 살아라

사회정신건강연구소 소장 **이시형** 지음

늘 인기있는 여자, 왠지 끌리는 여자!

5

이시형 뒤집어 생각하기

세계는 본격적인 국제화, 정보화 시대로 접어 들고 있고 여성의 위상도, 생활도 하루가 다르게 변하고 있다. 지금은 나만의 개성을 살려 적극적이고 창조적인 모습으로 탈바꿈해야만 할 때이다!

도서출판 이물

배짱으로 삽시다

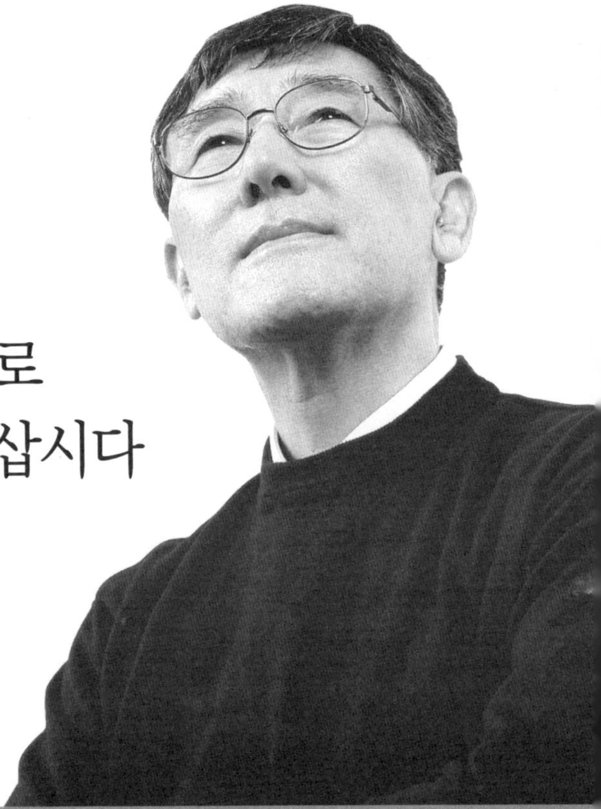

지구촌의 일원으로 세계 시민과 당당히 겨루자!

평균적 한국인의 무의식속에 잠재된 소심증과 열등감, 체면의식과 조급증은 과연 어디에서 오는 것일까?
요즈음은 세계화라는 말을 피부로 느낄 수 있게 되었다. 이젠 싫건 좋건 지구촌의 일원으로서
세계 시민과 당당히 겨루지 않으면 안된다.

그래, 잠시 쉬어가자. 작은 여유를 갖자.

발 아래 경치도 내려다보고, 앙증맞게 핀 꽃, 개울물,

새들의 지저귐도 들어보자.

서둘기만 하는 사람에겐 이 작은 행복이

느껴 질 수가 없는 법이다.

정상에 선 서구 선진국들은 벌써 풍요의 독감에 걸려

기침을 콜록이고 있다.

성장의 한계를 진지하게 논하게 된 지도 한참 되었다.

그래도 우린 정상을 향해 올라가야 겠지.

단 차분히, 정도를 따라 오르자.

값 9,000원

03800

9 788975 030864

ISBN 89-7503-086-5